Docteur Louis **BERTRAND**

de la Faculté de Médecine
de l'Université de Nancy

Le Choléra Asiatique en Lorraine

NANCY
IMPRIMERIE L. BERTRAND
—
1913

A LA MÉMOIRE VÉNÉRÉE DE MON GRAND-PÈRE

Le Docteur BERTRAND

MÉDECIN-CHEF A L'HOPITAL MILITAIRE DE MOSTAGANEM

A MA MÈRE

A MON PÈRE

Le Docteur BERTRAND

A MES PARENTS, A MES AMIS

A Mon Président de Thèse

Monsieur le Professeur MACÉ

Directeur de l'Institut Sérothérapique de l'Est

Choléra Asiatique en Lorraine

Introduction

Le choléra asiatique est une maladie épidémique, causée par la pénétration du bacille virgule dans le tube intestinal et caractérisée, au point de vue des symptômes, par des vomissements, une diarrhée riziforme, des crampes et le refroidissement du corps. Le choléra infantile et le choléra nostras ont presque identiquement les mêmes symptômes, mais non la même cause ; les microbes qui engendrent ces deux dernières affections ne sont pas les mêmes que ceux du choléra indien, dont nous allons nous occuper exclusivement.

Originaire des rives du Gange, dans les Indes, celui-ci ne pénétra en France qu'en 1832, et y revint à différentes reprises.

Après avoir été plus ou moins atteinte dans les premières épidémies de choléra indien qui ont sévi en Europe, la Lorraine n'a plus vu reparaître le fléau depuis 1892-95, c'est-à-dire depuis dix-sept ans, malgré les menaces de ces dernières années.

Ce long intervalle ne signifie pas qu'elle est désormais
à l'abri du terrible mal, puisque déjà, entre les épidémies
de 1832 et de 1849, le même laps de temps s'est écoulé;
mais des raisons d'un autre ordre nous permettent d'espérer que si nous ne sommes pas certains de ne plus être
frappés par une nouvelle épidémie, celle-ci sera tout
au moins peu meurtrière et limitée. Avec les moyens
que l'on possède actuellement, il est possible en effet
de dépister les germes cholériques, qu'ils soient apportés
par des individus malades ou sains, ou qu'ils soient
véhiculés par l'eau.

D'autre part, les précautions prises d'une façon rigoureuse pour arrêter sur toutes les frontières les porteurs de
germes, les réglementations établies pour étouffer sur
place toute étincelle d'un foyer de contagion, les progrès
de l'hygiène, l'examen périodique des eaux alimentaires,
la diffusion de la désinfection, la substitution aux eaux
de puits des eaux de source ou de rivière dûment purifiées
par des moyens mécaniques chimiques ou physiques, la
suppression de puisards dans lesquels on rejetait les eaux
et les matières usées, leur remplacement par des égouts
étanches n'ayant pas de communication avec les eaux
d'alimentation, sont autant de causes qui nous permettent
de redouter de moins en moins la dissémination du contage
cholérique.

Néanmoins, en présence des menaces qui depuis quelques années nous viennent de l'Europe orientale, de
la Russie, de la Turquie et de l'Italie, il a semblé qu'il
pouvait y avoir grand intérêt à condenser les recherches
faites jusqu'alors sur le choléra en Lorraine, frontière
par laquelle pénètrent les trains d'Orient, à réunir en un

seul travail les statistiques pas toujours concordantes établies par Simonin, Parisot, Heydenreich et autres pour la Meurthe; par Didion pour la Moselle, espérant que, dans l'avenir il n'y aura plus lieu de faire de nouvelles statistiques à cet égard.

Notre travail sera divisé en deux grands chapitres.

Dans le premier, après avoir .fait l'historique de la maladie et le récit des différentes épidémies qui, plusieurs fois, ravagèrent notre province, nous indiquerons les communes. atteintes et le chiffre de la mortalité dans chacune d'elles. Dans les tableaux statistiques, toutes les villes et les communes seront rangées d'après la date de l'invasion du choléra, chaque fois qu'il sera possible.

Dans chaque épidémie, notre premier soin a été de rechercher les premiers cas, d'établir l'origine et les causes de l'envahissement de chaque contrée. Malheureusement, les documents imparfaits fournis par les médecins de l'époque ignorant la nature du fléau, ont bien des fois rendu notre tâche impossible et souvent nous avons dû nous borner à de simples suppositions.

Dans le chapitre II, nous avons essayé d'établir une prophylaxie aussi rationnelle que possible du choléra en Lorraine. Après avoir recherché les différentes voies d'accès de la maladie dans notre province, nous avons montré quels services nous pourrons attendre des mesures prises, des postes sanitaires établis aux points indiqués sur chacune de ces voies. Enfin nous basant sur les décrets ministériels, nous avons indiqué le fonctionnement des différents services d'hygiène en temps d'épidémie, le rôle des délégués départementaux, des médecins, des maires et des préfets.

Avant de quitter la Faculté de Médecine, nous nous garderons de déroger à ses usages et nous adressons ici un témoignage de reconnaissance à tous nos Maîtres. Mais il nous sera permis de remercier particulièrement M. le professeur MACÉ, qui, après nous avoir donné le sujet de notre thèse et prodigué ses conseils, nous fait le grand honneur de la présider. Qu'il reçoive l'expression de notre profonde gratitude.

Historique

Le nom de *choléra* est connu depuis la plus haute antiquité, mais les anciens ne décrivaient pas sous ce nom le choléra épidémique asiatique qu'ils ne connaissaient pas, mais bien plutôt les affections spéciales que nous appelons choléra sporadique et choléra nostras.

La première description de choléra ainsi compris date d'Hippocrate, qui vivait en 460 avant Jésus-Christ; c'est dans son livre V *Des Epidémies* que l'on voit figurer pour la première fois le mot de choléra.

Il y est dit « *qu'à Athènes un homme eut le choléra; il vomissait et allait par le bas; c'était avec de grandes douleurs et il ne savait comment se tenir : les yeux étaient ternes, enfoncés; il avait des convulsions au bas-ventre et le hoquet. Il le guérit en lui administrant de l'ellébore; les selles et les vomissements s'arrêtèrent, et il devint froid de tout le corps; il prit un bain où il resta jusqu'à ce que tout le corps fut réchauffé; il guérit complètement le lendemain* ».

Cette même maladie fut ensuite convenablement décrite par Celse, au commencement du premier siècle, dans son ouvrage « *De Medicina* », puis par Aretée, par Cœlius Aurelianus, qui l'appelle « *felliflua passio* » et établit le diagnostic différentiel entre le choléra et la diarrhée. Mais dans tous ces auteurs, il n'est nullement question d'une maladie épidémique et contagieuse.

Pourtant, ce choléra n'est pas toujours resté à l'état sporadique ; il a donné lieu à des épidémies dont quelques-unes furent assez importantes et que l'on appelait « Trousse galant, choléra morbus européen ».

On ne peut guère préciser la date de l'apparition de ces épidémies ; leur début est très obscur. Au milieu des nombreux fléaux qui sévirent en France dès les XIIIᵉ et XIVᵉ siècles, il est souvent fort difficile de se reconnaître et de diagnostiquer d'une manière précise la nature des maladies citées dans les ouvrages sous le nom de pestes, contagions, etc., en raison du peu de détails que les chroniqueurs, le plus souvent étrangers à la médecine, fournissent sur les symptômes. Voici pourtant en Lorraine les épidémies qui pourraient se rapprocher du choléra.

La chronique de Praillon rapporte qu'à Metz, en 1330, régna un flux de ventre épidémique qui dura une année ; « en cette année, environ la Saint-Remy (1ᵉʳ octobre), on commença fort à molrir de flux de ventre et en molrut beaucoup ».

En 1517, le Mal des Asprinsons, qui sévit à Metz, consistait en une fièvre diarrhéique qui fit périr un grand nombre d'individus ; aux *tormina ventris* se joignaient le délire, la stupeur et d'autres symptômes cérébraux auxquels succombaient rapidement surtout les sujets jeunes et les hommes les plus robustes.

Zacutus Luzitanus rapporte qu'en 1600, il régna dans toute l'Europe la colique appelée en France « *Trousse galant* » qui était si terrible que tous ceux qui en étaient attaqués mouraient ordinairement avant le quatrième jour ; mais aucun document cependant ne nous prouve que cette épidémie sévit en Lorraine.

En 1617-1618, il y eut dans toute la Lorraine et le pays messin une épidémie de diarrhée catarrhale, qui ne causa pas de sérieux dégâts et ne fut suivie que d'une faible mortalité, malgré qu'un assez grand nombre d'individus aient été atteints. Cette épidémie ne paraît pas avoir été de nature cholérique.

Bien qu'il n'en soit fait aucune mention en Lorraine, je dois encore citer l'épidémie de Gand, observée en 1642 par un médecin belge, Van der Heyden, qui fait remarquer qu'aucune diarrhée, même la bilieuse, n'est aussi dangereuse que « *la furieuse vuydange du trousse-galant* », laquelle amenait la mort en quelques heures.

A cette même époque, les historiens de la Lorraine relatent les maux inouïs qui accablaient cette province et les crimes nombreux auxquels la misère, la faim et les maladies poussaient les habitants, mais en aucune place il n'est question de choléra.

Sydenham (*Opera Medica*, 1769) décrivit l'épidémie qui ravagea Londres à deux reprises, en 1669 et 1675. On note encore une épidémie à Varsovie, en 1701 ; à Paris, en 1750 (observée par Malouin) ; à Lyon, en 1822.

Il faut donc bien préciser que sous le nom de *choléra* nous entendrons le choléra épidémique vrai asiatique ou Indien.

Celui-ci est arrivé des Indes où il paraît avoir existé depuis fort longtemps à l'état endémique. Dans la région du bas Bengale notamment l'agent virulent trouve toutes les conditions nécessaires à sa pullulation : une température chaude et humide, un terrain alluvionnaire d'une profondeur énorme (puisqu'il atteint 130 mètres de profondeur), pénétrable à l'eau et aux matières organiques, des eaux stagnantes où se déversent depuis un temps infini les détritus des populations riveraines.

En 1685, Delton avait donné une description d'une maladie qui ressemblait beaucoup au choléra et que l'on appelait « *Mordechi* ».

En 1774-1781, Sonnerat avait décrit avec beaucoup d'exactitude le choléra qui, de Cheringham à Pondichéry, avait emporté 60.000 personnes.

Mais jusqu'alors le choléra restait localisé dans quelques points où il régnait endémiquement; ce n'est qu'au commencement du XIXe siècle qu'il perdit son caractère sédentaire pour devenir voyageur et s'étendre au dehors des régions atteintes. La malpropreté des habitants, l'encombrement, l'alimentation défectueuse, les famines si sensibles aux Indes eurent sans doute une grande influence sur ce changement de caractère.

A partir de ce moment, il se répandit sous forme épidémique sur des contrées plus ou moins éloignées de son point d'origine et à des intervalles assez lointains pour que le souvenir des atteintes précédentes ait disparu. C'est ainsi que pour ce motif, en 1817, lors d'une terrible épidémie aux Indes, beaucoup de médecins anglais regardèrent le choléra comme une maladie nouvelle, inconnue jusqu'alors, et pourtant il y avait déjà eu des épidémies de choléra.

La même année, le choléra, parti de Jessore, à 33 lieues de Calcutta quitta les rives du Gange, puis s'avança lentement par l'Inde et la Perse, pour côtoyer la mer

Caspienne et atteindre Astrakan en 1823, date de sa première apparition en Europe. Continuant son chemin, il longea la mer Noire, envahit la Russie, pénétra avec ses armées dans la Pologne tentant une dernière lutte pour son indépendance, gagna le Nord de l'Allemagne, puis franchit d'un bond la Hollande et l'Océan pour éclater à Edimbourg, au mois de janvier 1832, et à Londres le 10 février; le 15 mars il était à Calais, le 26 du même mois à Paris.

Ce fut la première épidémie de 1832 qui avait mis quinze ans pour parvenir de l'Inde en Europe. Depuis, le choléra est revenu en France en 1849, en 1855, en 1865, en 1873. Puis, à partir de ce moment, il ne se passe plus guère d'année sans qu'il n'éclate en Europe ou dans le bassin méditerranéen.

C'est ainsi qu'on le voit se déclarer en 1874, dans la Haute-Silésie; 1875, en Syrie (Damas, Antioche); 1878, au Maroc; 1881, à Aden; 1882-85, en Europe, Egypte, Algérie, Italie, Espagne; 1887, en Sicile; 1890, en Espagne; 1892-93, en Europe; 1900-1905 en Russie.

Depuis 1904, il s'est formé un foyer permanent en Russie, d'où le mal rayonne de temps à autre sur les pays voisins, soit par voie de terre (voyageurs, émigrants), soit par voie de mer, soit par la batellerie.

En 1909, la Hollande fut atteinte. En 1910, année de recrudescence où la Russie eut près de 100.000 victimes, la Turquie, l'Autriche, l'Italie furent envahies; l'Allemagne et la France furent également touchées, mais les mesures prises arrêtèrent rapidement le fléau. En 1911, ce fut le tour de l'Egypte; Marseille eut encore une petite épidémie qui fut aussitôt enrayée comme celle de 1910.

En 1912-13, le choléra éclata de nouveau en Turquie et s'y développa grâce aux conditions propices engendrées par les misères de la guerre, mais jusqu'ici il y resta confiné.

———————

CHAPITRE PREMIER

Épidémie de 1832

Département de la Moselle

Le 25 décembre 1820, M. Moreau de Jonnès, d'après des rapports authentiques, annonça au Conseil supérieur de santé qu'une maladie redoutable, connue sous le nom de *Choléra morbus*, après avoir, en 1817, enlevé plus de 6.000 personnes à Jessore, ville populeuse située dans le delta du Gange, avait fait irruption, en 1818, sur les côtes de Coromandel, du Malabar, et dans une grande partie de l'Asie occidentale; en 1819, aux îles de France et de Bourbon, et qu'il était peut-être à craindre de le voir, d'un moment à l'autre, diriger sa marche meurtrière vers l'Europe occidentale.

Mais le mal était alors si éloigné, que les prévisions sinistres du rapport du Conseil de santé ne firent pas la moindre impression; aussi, pendant quatorze ans, le choléra parcourut-il l'Asie dans presque toutes les directions, enlevant dans ces immenses contrées plusieurs millions de victimes, sans pouvoir attirer sur lui l'attention de l'Europe.

Cependant, à la fin de 1830, on commença à se montrer inquiet; la marche extraordinaire du fléau, son arrivée à Moscou, le 28 septembre, parcourant en moins de trois mois les trois cents lieues qui séparent cette ville d'Astrakan, où il s'était déjà manifesté en 1823 (première manifestation en Europe), était la meilleure preuve que la Pologne était menacée.

Pourtant, on cherchait encore à se rassurer; on espérait que la Pologne servirait à arrêter le choléra. Vain espoir ! Le fléau prenait chaque jour un peu plus d'extension et gagnait Varsovie. Dès le début de 1831, des commissions médicales furent envoyées par le gouvernement français en Russie et en Pologne pour y étudier sur place la maladie, mais le choléra, marchant plus vite que les commissions, éclatait dans les deux capitales de l'Allemagne. La presse allemande édita une foule de brochures, de mémoires sur la nature, les causes du mal, sur les moyens propres à le prévenir et à le combattre.

En France également, de nombreux traités parurent donnant des descriptions aussi exactes que possible de la maladie; les épidémiologistes eurent la prétention d'ériger les lois de la marche de la maladie, de lui tracer son chemin, lui donnant en quelque sorte une feuille de route et lui faisant parcourir régulièrement trois à six lieues par jour, fixant d'une manière irrévocable la date de son arrivée dans une ville, son temps de séjour.

D'autres enfin annonçaient son point terminus au pied d'une montagne, au bord d'un fleuve.

Mais le choléra qui depuis devait contredire d'autres prétentions, mit fin à ces discussions en faisant son apparition subite dans un des ports de l'Angleterre. En janvier 1832, il est en effet à Edimbourg; le 10 février à Londres, puis, passant le Pas-de-Calais, il éclate à Calais le 15 mars et à Paris le 26 du même mois, semblant venir à vol d'oiseau, puisqu'aucun cas ne s'était manifesté dans les villes intermédiaires. Sur 86 départements, 52 furent touchés, dont les départements lorrains.

Chose étrange, dirent certains médecins, cette maladie semble vouloir adopter la tactique militaire moderne, c'est-à-dire marcher droit aux capitales, pour delà envahir les provinces.

Conformément à la loi du 3 mars 1822 et en vertu d'une ordonnance royale du 16 août 1831, une intendance sanitaire avait été formée dans le département de la Moselle. Dans les premiers moments, elle avait cherché à s'entourer de tous les documents qui pourraient l'éclairer et la mettre à même, sinon d'arrêter, du moins d'atténuer les coups du fléau qu'on redoutait.

Une commission médicale avait été envoyée à Berlin pour étudier la maladie. Des commissions de salubrité furent organisées dans les cinq sections de la ville et dans les différents cantons du département. Elles eurent pour mission de rechercher toutes les causes d'insalubrité, de les signaler à l'autorité administrative et de provoquer toutes les mesures que réclamait la salubrité publique.

Magistrats, médecins, négociants nommés membres de la commission, acceptèrent avec empressement leurs nouvelles fonctions et montrèrent un zèle digne des plus grands éloges.

Dès que l'invasion fut confirmée à Paris, le préfet convoqua l'intendance sanitaire, la commission sanitaire des Hospices, celle du Bureau de bienfaisance et la Société de médecine. Dans cette réunion, on discuta les mesures à prendre, on arrêta que dans chaque hôpital deux salles seraient destinées aux cholériques, sous la surveillance d'infirmiers particuliers. Enfin, on instituerait un bureau de secours où les indigents qui ne voudraient pas se rendre à l'hôpital trouveraient à toutes heures du jour et de la nuit des médecins, un pharmacien, des infirmiers et des médicaments.

Pour que ces mesures puissent être établies, le Conseil municipal vota 20.000 francs. Par un arrêté, le maire fit blanchir, dans plusieurs quartiers, des maisons signalées comme des foyers d'infection ; de son côté, le Bureau de bienfaisance avait fait blanchir cent chambres d'indigents et renouveler la paille de 1.700 lits, augmenté sa distribution de pain et de bouillon.

Ces précautions étaient d'autant plus justifiées que, dans le même moment, le choléra était signalé dans le département de la Meurthe, sans qu'il fut pourtant bien prouvé qu'il s'agissait vraiment du choléra asiatique plutôt que de la simple gastro-entérite à terminaison presque toujours favorable. C'est ainsi que, le 14 mars, dans un rapport au préfet, le Dr Lesaing, de Blâmont, rapporte un cas de choléra chez une femme âgée, morte quelques jours après ; que, le 10 août, le maire de Dieulouard avertit l'intendance sanitaire que plusieurs cholériques étaient soignés dans la localité, et que deux communes du département de la Meurthe étaient atteintes.

Mais tous ces cas n'étaient que des affections isolées, n'ayant souvent que des rapports inconnus les uns avec les autres. L'épidémie vraie débuta dans le département de la Moselle, par Metz, le 29 avril 1832. Elle dura jusqu'au 15 septembre, environ 4 mois et demi. La première victime fut un nommé Gaspard, pêcheur de profession, demeurant au n° 69 de la rue de l'Arsenal. Transporté à l'hôpital Bonsecours, il mourut le lendemain. Mais les mesures avaient été tellement bien prises, les prescriptions si minutieusement observées que l'on ne voulut pas croire au choléra asiatique. La cyanose, du reste, était si peu prononcée, disent les médecins, qu'on ne pouvait avoir affaire qu'au choléra sporadique. Ce bel espoir allait bientôt hélas disparaître. Dans la nuit du 1er au 2 mai, vers minuit, le neveu du pêcheur Gaspard, âgé de 14 ans, demeurant dans la même maison et ayant couché dans le même lit que son oncle, présenta tous les symptômes de la maladie; il mourut le 2 mai, à deux heures. On ne pouvait plus douter de la nature de l'affection; du reste, le choléra gagna bientôt la ville entière, s'attaquant à toutes les classes de la société et faisant de nombreuses victimes.

Sur la population de Metz, qui s'élevait à 45.000 âmes, il y eut 1.843 malades, soit un malade par 24 habitants et 802 décès, le 1/56 de la population.

C'est vers la deuxième quinzaine de juin que commença la période de violence. Dès ce moment, la maladie qui, à l'exception d'un très petit nombre de cas, était restée concentrée dans quelques rues populeuses des 1re, 2e, 5e sections, se répandit dans les différents quartiers de la ville; de jour en jour, le nombre des malades augmenta, ainsi que celui des décès et, jusqu'au 15 juillet, la mortalité atteignit un chiffre élevé.

En août, les cas et les décès diminuèrent; la maladie s'éteignit complètement dans les premières semaines de septembre.

Ce furent surtout les femmes et les vieillards qui payèrent un lourd tribut à la maladie; les riches ne furent pas plus épargnés que les pauvres; on note que le quartier et la rue des Juifs, où se trouvaient de nombreux taudis, maisons étroites, humides, habitées par des gens de propreté douteuse, furent plus épargnés que les autres, car sur 100 malades, il n'y eut en moyenne qu'un décès. Pendant cette épidémie, Metz eut à regretter la perte de deux médecins et de deux pharmaciens. La population militaire fut relativement ménagée, puisque sur une garnison de 10.000 hommes, il n'y eut que 99 cholériques, soit 1/100 de la garnison, avec 46 décès.

Les institutions publiques, la Maison de la Doctrine Chrétienne, la Maison du Sacré-Cœur, la Visitation, la Maison des Orphelins, la Maternité, la Maison de Correction n'eurent également qu'un petit nombre de cholériques.

De Metz, le choléra s'était rapidement répandu dans la campagne. Du mois de mai au mois de décembre, les quatre arrondissements de la Moselle, mais particulièrement celui de Metz, furent éprouvés par la maladie.

Dans l'arrondissement de Metz, 60 communes furent atteintes, avec une mortalité de 1.817 sur 5.044 cas.

ARRONDISSEMENT DE METZ

Communes rangées d'après leur date d'invasion

Communes	Cas	Décès	Communes	Cas	Décès
Metz	1.843	802	Saint-Julien	30	5
Charey	130	24	Vallières	117	48
Vany	2	»	Le Sablon	29	17
Sorbey	1	»	Argancy et Olgy	39	22

Communes	Cas	Décès	Communes	Cas	Décès
Scy	45	22	Lorry-devant-le-Pont.	2	1
Woippy, la Max, et Thury	131	34	Chanville et annexes.	23	15
Corny	275	43	Peltre et Crépy	68	32
Vigny	10	2	Bazoncourt	18	10
Malroy	40	15	Pommérieux	12	4
Montigny	44	15	Hautconcourt	7	5
Moulins	7	4	Saulny	2	1
Ennery	27	5	Beux	30	16
Longeville-les-Metz ..	55	18	Aube	51	16
Plantières	26	8	Flévy	75	22
Châtel	7	2	Pouilly	8	5
Ogy	73	14	Marly	60	10
Plappeville	26	8	Féy	72	58
Louvigny	128	38	Cheminot	13	9
Coin-sur-Seille	6	3	Fleury	318	96
Créhange	2	1	Augny	45	31
Coincy	19	3	Novéant	61	18
Mars-la-Tour	337	87	Trémery	80	24
Rezonville	50	25	Sainte-Barbe	15	5
Ars-sur-Moselle	40	14	Condé-Northen	13	5
Solgne	49	15	Vionville	69	21
Colombey	4	4	Vantoux	48	19
Gorze	216	45	Gury	66	6
Magny	63	34	Xonville	19	12

La dernière commune atteinte fut Xonville, où le choléra s'éteignit le 1er décembre.

A Mars-la-Tour, un aqueduc souterrain, rempli d'immondices, passait devant les premières maisons qui bordent le côté gauche de la route, traverse celle-ci et se prolonge ensuite vers les maisons du côté opposé; la maladie sembla suivre exactement ce trajet et attaqua successivement toutes les maisons qui bordaient le canal. Le choléra débuta par un commissionnaire qui venait de faire un voyage à Metz et qui mourut presque subitement. Ses deux voisins furent enlevés en trois ou quatre jours, et la maladie se répandit dans la commune.

A Onville, la première victime fut un individu qui revenait de Gorze, où il était allé voir son frère mourant du choléra.

A Novéant-sur-Moselle, l'invasion de la maladie a été attribuée au retour de huit moissonneurs qui, atteints du choléra à Mars-la-Tour, avaient été ramenés dans leur village.

A Xonville, la maladie débuta le 8 novembre, chez un vieillard; des quatre individus qui l'avaient assisté dans ses derniers moments, trois moururent 15 ou 16 heures après lui. Ce fait répandit la terreur dans la commune, et la maladie continua à y faire de nouvelles victimes.

Louvigny, commune à trois lieues de Metz, située sur une hauteur, dans un pays salubre, fut atteint le 13 juillet. Déjà, quelque temps auparavant, presque tous les habitants avaient ressenti un dérangement des fonctions digestives que l'on avait observé partout comme phénomène précurseur de l'invasion cholérique.

Le 10 du même mois, il avait éclaté dans le village un orage d'une telle violence, que de mémoire d'homme on n'en avait pas observé de semblable. Cette circonstance ne fut peut-être pas sans rapport avec l'invasion. Le premier malade fut un ouvrier qui avait travaillé sur la grande route, et qui mourut presque subitement.

Pommérieux, qui jouissait d'un état sanitaire très satisfaisant jusqu'à l'arrivée de la veuve Jeanne Perrot, revenue de Metz depuis deux jours, eut à déplorer la mort de quatre cholériques.

A Montigny, au Sablon, à Malroy, à Olgy, à Magny, à
Féy et dans d'autres villages, le choléra attaqua de pré-
férence les habitations entourées d'immondices, de fumiers ou de marécages. A Louvigny, c'est dans le quartier
habité par les écorcheurs de chevaux qu'il fit le plus de
ravages.

A Fleury, qui, en quelques jours, perdit le quart de ses
habitants, on constata que les maisons qui avaient des
puits furent beaucoup moins maltraitées que celles qui en
étaient privées; les habitants de ces dernières étaient obligés de se pourvoir d'eau à une fontaine commune, dont
les eaux étaient depuis longtemps altérées par les mares
et les fumiers qui l'entouraient.

ARRONDISSEMENT DE BRIEY

Communes rangées d'après leur date d'invasion

Communes	Cas	Décès	Communes	Cas	Décès
Olley	2	»	La Malmaison	1	1
Jeandelize	3	3	Jouaville	1	1
Preutin	1	»	Landres	50	16
Longwy	1	1	Briey	102	32
Pierrevillers	65	31	Boulange	7	2
Auboué et Moutiers..	38	12	Fontoy	60	24
Sainte-Marie	64	19			

L'épidémie prit fin à Briey le 1er décembre 1832. Il y
eut 395 cas et 142 décès; 13 communes furent atteintes.

ARRONDISSEMENT DE THIONVILLE

Communes rangées d'après leur date d'invasion

Communes	Cas	Décès	Communes	Cas	Décès
Thionville	330	122	Uckange	7	5
Exherange	17	6	Metzeresche	204	32
Manom	27	5	Weymerange	1	1
Bettlainville	23	0	Metzervisse	1	0
Gondrange	1	1	Preische	3	1
Moyeuvre	283	38	Distroff	1	0
Vitry	23	4	Budling	4	0
Kœnigsmacker	3	2	Kanfen	1	0
Rethel	3	2	Bousse	32	11
Rosselange	53	5	Hayange	22	8
Illange	89	16			

L'épidémie débuta à Thionville le 9 mai et prit fin à Bousse, le 15 octobre. 21 communes furent atteintes, avec 1.154 cas et 258 décès. A Thionville, le choléra débuta par le chirurgien-major du 58ᵉ régiment ; il s'était déclaré presque en même temps dans un village des environs, chez un de ses habitants, ainsi que l'a constaté le docteur Spire, l'un des médecins du pays. D'autres cas furent notés encore avant que la maladie sévisse à l'hôpital où, le 12 juin, était frappé le pharmacien en chef, ainsi qu'un soldat d'administration venu de Metz le 5 juin. C'est donc à tort que l'on a accusé l'hôpital d'avoir communiqué le mal à la ville, d'avoir été l'origine de la contagion. Sur une garnison de 2.000 hommes, il y eut 92 cholériques, soit 1/20.

ARRONDISSEMENT DE SARREGUEMINES

Communes rangées d'après leur date d'invasion

Communes	Cas	Décès	Communes	Cas	Décès
Saint-Avold	2	2	Puttelange	2	0

Dans ces deux communes, l'épidémie ne fut que passagère. Les quatre cas cités furent observés au mois de juillet.

Si nous récapitulons le chiffre des cas et des décès, nous voyons que le département de la Moselle a été fortement touché par le choléra en 1832, puisque sur 6.597 cholériques il y eut 2.219 décès et 96 communes atteintes.

Département de la Meurthe

L'épidémie apparut dans la Meurthe le 2 mai 1832, trois jours après avoir débuté dans la Moselle; elle dura jusqu'au 20 novembre, presque sept mois.

D'après le docteur Simonin, 74 communes furent envahies, dont deux seulement dans l'arrondissement de Château-Salins et pas une dans celui de Sarrebourg. M. Imbeaux, dans sa thèse, donne le nombre de 95 communes atteintes, et une mortalité de 1.485, bien que le relevé des statistiques ne fournisse que le chiffre de 1.078.

Le département de la Meurthe fut donc moins frappé que celui de la Moselle, quoique l'épidémie s'y soit prolongée plus longtemps.

Nancy fut atteint le 12 mai, treize jours après son apparition à Metz, et un peu plus d'un mois après son arrivée à Paris. Le choléra y régna jusqu'au 28 octobre. Sur 29.783 habitants, il y eut 334 cas et 186 décès (102 femmes et 84 hommes) soit une mortalité de 0,62 %. Il porta ses coups surtout sur la classe laborieuse et indigente, frappant rarement les individus favorisés par la fortune.

ARRONDISSEMENT DE NANCY

Communes rangées d'après leur date d'invasion

Communes	Cas	Décès	Communes	Cas	Décès
Art-sur-Meurthe	»	»	Laxou	»	»
Bainville-aux-Miroirs	»	»	Leménil-Mitry	»	6
Benney	»	»	Lupcourt	»	»
Bouxières - sous-Froidemont	3	»	Malzéville	»	20
			Mangonville	»	»
Burthecourt-aux-Chênes	»	»	Maron	40	25
Ceintrey	»	»	Méréville	»	»
			Montauville	»	»
Chaligny	32	28	Nancy	334	186
Champigneulles	»	»	Neuviller-sur-Moselle.	»	»
Chavigny	»	»	Pagny-sur-Moselle ...	»	»
Dieulouard	»	30	Parey-St-Cézaire	»	35
Dommartemont	»	»	Pont-à-Mousson	»	»
Dombasle	»	»	Pont-Saint-Vincent ..	200	75
Flavigny	»	8	Pulligny	»	6
Fraisnes-en-Xaintois.	»	15	Rosières-aux-Salines.	»	70
Frolois	»	»	Roville	»	»
Germonville	40	25	Saint-Nicolas	»	»
Haraucourt	»	»	Tomblaine	35	»
Houdelmont	30	17	Tonnoy	»	»
Houdreville	»	»	Velaine-en-Haye	128	62
Housseville	»	»	Ville-en-Vermois	»	»
Lemainville	»	»	Villers-les-Nancy	»	8
Laneuveville-derrière Bayon	»	32	Viterne	»	»
			Xeuilley	»	18

Il y eut 47 communes atteintes et 666 décès.

ARRONDISSEMENT DE TOUL

Communes rangées d'après leur date d'invasion

Communes	Cas	Décès	Communes	Cas	Décès
Arnaville	4	26	Liverdun	»	14
Bainville-sur-Madon .	»	1	Maizières	»	2
Bicqueley	»	30	Mandres	100	15
Charmes-la-Côte	»	6	Pierre-la-Treiche	»	27
Favières	»	4	Sexey-aux-Forges	»	12
Fontenoy	»	7	Sexey-les-Bois	45	16
Gondreville	90	55	Toul	»	1

D'après M. Bancel, il y aurait eu 14 commnes envahies et 211 décès. Le choléra, qui avait débuté en mai, cessa en octobre. Dans quelques communes, il ne sévit que quelques jours, alors que dans d'autres il sévit plusieurs mois.

ARRONDISSEMENT DE LUNÉVILLE

Communes rangées d'après leur date d'invasion

Communes	Cas	Décès	Communes	Cas	Décès
Barbonville	3	»	Mont-sur-Meurthe ...	14	2
Bayon	63	23	Serres	41	11
Blainville	23	2	Velle-sur-Moselle	39	21
Damelevières	15	2	Villacourt	8	5
Einville	5	1	Xermaménil	17	7
Gerbéviller	320	127			

Soit une mortalité de 201 dans 11 communes.

ARRONDISSEMENT DE CHATEAU-SALINS

Il n'y eut que deux communes atteintes : Chicourt et Morville-sur-Nied, sans mortalité.

Il n'est guère possible de tirer une conclusion quelconque de ces documents si imparfaits; l'on ne peut que se borner à émettre quelques opinions d'ailleurs très vagues sur l'origine de l'épidémie en Lorraine.

Pour le département de la Moselle, nous connaissons les premiers malades, mais nous ignorons tout d'eux. Nous ne savons pas dans quelles conditions étaient ces individus, quelles étaient leurs relations, les voyages qu'ils avaient faits, les personnes qu'ils avaient fréquentées, l'état de santé de ces personnes, toutes choses fort intéressantes pour la question.

Pour le département de la Meurthe, nous sommes encore bien moins renseignés, puisque nous ne connaissons même pas les premiers malades. Personne ne s'est occupé de les rechercher, ce qui n'a rien de surprenant surtout à une époque où beaucoup de médecins niaient la contagion et par conséquent, ne se préoccupaient pas de connaître le mode d'importation.

L'épidémie lorraine fut-elle d'origine hydrique ? C'est possible, vu la rapidité avec laquelle se fit la contamination et le mode défectueux, presque exclusif à cette époque, d'alimentation par les puits voisinant avec les puisards dans lesquels se déversaient les eaux et les matières usées. Mais comment et par qui ces eaux avaient-elles été contaminées; qui avait apporté les premiers germes ? Il peut aussi se faire que les rivières de Meurthe et de

Moselle, avec leurs affluents, n'aient pas été étrangères
à une infection de provenance plus ou moins éloignée.

Ou bien le choléra fut-il importé par des aliments, des
malades atteints de la maladie confirmée ou d'une simple
cholérine passant inaperçue, c'est probable; mais, alors,
d'où venaient ces malades ? Arrivaient-ils de Paris ou de
l'un des départements qui nous en sépare, ou bien venaient-
ils d'Allemagne, empoisonnant d'abord le département
de la Moselle, le premier atteint, puis celui de la Meurthe.
Ce sont toutes questions qu'il serait oiseux de discuter, les
observations nécessaires n'ayant pas été faites sur le
moment.

Quant à la situation morale des départements lorrains,
elle fut à peu près la même que partout ailleurs pendant
cette terrible épidémie. Ce mal mystérieux, frappant à
mort parfois en quelques heures, en quelques instants,
tous les membres d'une même famille, enlevant presque la
totalité de la population de certaines communes, ne pouvait faire autrement que d'inspirer à tous une profonde
terreur. D'autant plus que l'on ne connaissait aucun
moyen de se mettre à l'abri de ce souffle pestilentiel, de
cet air chargé, comme on le croyait alors, d'un agent
délétère, impondérable, de nature inconnue.

La fuite était le seul remède; mais il n'était à la portée
que de quelques gens riches que ne retenaient pas leurs
occupations.

On ne s'expliquait pas davantage la marche capricieuse
de la maladie décimant un village, en épargnant un autre
qui paraissait pourtant être dans des conditions moins
favorables, frappant les habitants d'une rue, d'un côté
d'une rue, semblant en éviter une autre. Cet état de

frayeur, secondé par une grossière ignorance, donna dans quelques pays naissance à des interprétations absurdes, mises quelquefois à profit par la malveillance. Certaines personnes, les marchands de vin et d'eaux-de-vie, les médecins même furent accusés d'empoisonnement et massacrés, déchirés en lambeaux ou jetés à l'eau.

Les départements lorrains n'eurent pas à regretter de semblables crimes : à Metz, pourtant, des hommes de l'art en se rendant à l'hôpital civil pour y visiter les premiers cholériques, furent menacés par quelques misérables abrutis par l'alcool; mais tout se borna, de la part du peuple, à cette simple démonstration.

La peur eut sur les esprits une influence beaucoup plus grande dans les campagnes qu'à la ville. Dans plusieurs villages, des maisons furent désertées et les malades abandonnés par leurs parents. A Louvigny, à Féy et à Fleury, des scènes de désolation se passèrent. A Fleury, les 18 ou 20 hommes qui restaient debout ayant été requis pour inhumer 12 morts qui, depuis deux jours, restaient sans sépulture, prirent la fuite et se sauvèrent dans les bois. On fut obligé de faire venir de Metz des infirmiers, des fossoyeurs et même des soldats de là garnison pour rentrer les récoltes abandonnées. A Tronville, une malheureuse femme fut obligée de transporter au cimetière son mari, son frère et son enfant; de s'atteler successivement à ces trois cadavres, de les traîner jusqu'à la fosse et de les couvrir de terre.

Tous ces faits font juger de l'effroi que durent éprouver les faibles d'esprit, les caractères sans énergie, les imaginations timorées et cette foule de gens qui, délicats, nerveux, usés, vivent d'une manière artificielle, due soit

à des excès, soit à des privations, soit enfin à une orga-
nisation débile.

Chez quelques personnes, la crainte perpétuelle du choléra, la choléraphobie chronique détermina un tel ébranle-
ment nerveux qu'il en résulta un véritable état morbide
n'ayant d'ailleurs aucune gravité et rien de commun avec
le choléra, qui frappait tout aussi bien les individus indif-
férents, insoucieux, que les pusillanimes, les gens sains et
vigoureux que les gens débiles et maladifs.

Épidémie de 1849

Depuis 1832, dit Simonin, l'on vit quelques cas de choléra plus graves qu'auparavant et qui présentaient des symptômes de choléra indien. Mais l'on pouvait néanmoins espérer être débarrassé du choléra épidémique, lorsque le fléau éclata de nouveau en 1849, seize ans après sa première apparition; suivant une marche semblable à celle de 1832, il nous venait également de l'Inde par la Russie et l'Angleterre. Il arrivait à Dunkerque dans les premiers jours d'octobre 1848, et éclatait à Paris le 20 janvier 1849. Dès lors, il était facile de prévoir que les départements ne tarderaient pas à être frappés par cette redoutable maladie et l'Administration dut prendre des mesures pour s'opposer autant que possible à sa propagation. Toute la Lorraine fut encore envahie par cette épidémie.

Département de la Meurthe

L'épidémie dura depuis le 28 mai jusque dans les premiers jours de décembre; tous les arrondissements furent atteints; 46 communes furent envahies, soit 28 de moins qu'en 1832. Mais ce chiffre n'est pas d'une exactitude

entière, car un certain nombre de communes, quoique
envahies par le choléra, n'ont pas envoyé de rapport,
soit que pour quelques-unes d'entre elles, il n'y eut qu'un
petit nombre de cas ou des cas isolés, soit que, pour
les autres, et dans la crainte d'effrayer la population,
on ait donné le nom de *suette miliaire* (qui régnait alors)
aux cas de choléra qui se sont développés.

La première commune atteinte fut Nancy (28 mai),
puis Deneuvre, près de Baccarat (29 mai), Parey-Saint-
Cézaire (8 juin), Baccarat (10 juin). La dernière fut
Laxou (2 décembre). Au début de l'épidémie, les cas de
choléra furent d'abord peu nombreux et séparés par
d'assez longs intervalles; ils se multiplièrent du 16 au
29 juillet, mais ce fut surtout du 27 août au 17 septembre
que l'épidémie atteignit son maximum d'intensité; puis il
y eut des alternatives de décroissance et de recrudescence,
et enfin elle se termina à Nancy, où le dernier cas fut
observé le 6 décembre. Les 46 communes donnèrent
2.562 malades, avec 1.045 décès. (Simonin dit 1.056).
M. Imbeaux énumère 48 communes avec 1.055 décès. En
somme, cette épidémie fut moins répandue mais propor-
tionnellement plus meurtrière que celle de 1832.

NANCY. — Sur les 42.765 habitants qui composaient
alors sa population, il y eut 356 cas, dont 140 traités
à l'hôpital et 206 décès, soit une mortalité de 0,57 %
inférieure à celle de l'épidémie de 1832.

Le premier cas fut observé le 28 mai, chez un nommé
Babin, chapelier, demeurant Grande-Rue-Ville-Vieille; il
présenta tous les symptômes de la maladie suivie de guérison. Or, Babin n'avait pas quitté Nancy et n'avait eu

aucune relation avec des étrangers; visité par plusieurs médecins, quelques-uns d'entre eux regardèrent sa maladie comme une fièvre typhoïde précédée d'accidents cholériques. Le 14 juin, le nommé Yung, logeur, rue Faubourg-Saint-Georges, fut atteint du choléra, puis sa femme et sa belle-fille, qui ne logeait pas sous le même toit, mais qui avait donné des soins aux deux époux. Ces trois victimes succombèrent rapidement; elles n'avaient communiqué avec aucun voyageur suspect et elles n'avaient pas quitté leur domicile; dès lors, les attaques de la maladie se multiplièrent et il ne fut pas possible d'en suivre la succession.

L'hôpital Saint-Charles avait eu trois cas de cholérine, suivis de guérison, dans le service du docteur Simonin; jusqu'au 20 juillet, il n'y eut plus aucune manifestation de l'épidémie, bien que plusieurs cas se fussent montrés dans les rues peu éloignées de l'établissement.

Mais le 12 juillet, Zeitz (Marie-Anne), âgée de 21 ans, venant de Nomeny, où elle avait habité pendant deux jours une auberge dont le propriétaire avait péri du choléra, est prise à son tour du mal et conduite à l'hôpital Saint-Charles. Le 15 du même mois, Meaury (Elisabeth), âgée de 22 ans, est atteinte et admise dans le même hôpital; elle avait quitté la veille Mailly, où régnait l'épidémie.

Or, à partir du 20 juillet, le choléra apparut à l'hôpital qui, jusqu'alors, n'avait pas été atteint. Brusquement, il se déclare 52 cas dans les salles éloignées de celle du premier malade et n'ayant ni les mêmes sœurs, ni les mêmes infirmiers; cette explosion, qui se fit d'ailleurs sentir dans les rues voisines, fut probablement d'origine hydrique. Il y eut en tout 140 cas, tant de choléra que de cholérine, et 61 décès.

L'hôpital militaire fut atteint presque en même temps. Un cas isolé fut observé, le 23 juillet; mais le choléra n'y débuta réellement que le 5 septembre, pour se terminer le 21 octobre; sur 23 malades atteints, 11 succombèrent, mais il y eut en plus 28 cas douteux, n'ayant pas été placés dans la salle réservée aux sujets atteints de choléra confirmé.

ARRONDISSEMENT DE NANCY

Communes rangées d'après leur date d'invasion

Communes	Cas	Décès	Communes	Cas	Décès
Bouxières - s⁸ - Froide-			Mailly	125	39
mont.	13	12	Nancy	356	206
Cercueil	76	29	Nomeny	120	23
Dombasle	5	3	Norroy	41	23
Eply	97	74	Parey-Saint-Césaire..	12	7
Jarville	12	6	Raucourt	29	9
Lanfroicourt	32	13	Remeréville	58	19
Laxou	5	3	Saint-Nicolas	14	9
Malleloy	39	9	Saulxures	69	39

17 communes furent atteintes, avec une mortalité de 525.

Tandis que certaines de ces communes étaient frappées très légèrement, comme Laxou, qui avec une population de 1.602 habitants n'eut que 3 décès, et Dombasle, qui sur une population de 1.246 habitants, n'eut que 5 cholériques et 3 morts, d'autres, au contraire, furent très maltraitées. Saulxures, dont la population était de 420

habitants, eut 39 décès sur 69 cas; Eply, avec sa population de 733 habitants, perdit 74 personnes sur 97 malades. D'autre part, Nomeny, sur 120 cas, n'enregistre que
23 décès, ce qui montre évidemment que dans cette localité,
ainsi que dans d'autres d'ailleurs, de simples cholérines
figurèrent avec des choléras bien confirmés, car la faiblesse
de la mortalité est hors de proportion avec ce qui se passait
d'autre part, d'où une statistique peu précise. Maréville
et Pompey, déjà indemnes en 1832, furent encore épargnés en 1849.

ARRONDISSEMENT DE TOUL

Communes rangées d'après leur date d'invasion

Communes	Cas	Décès	Communes	Cas	Décès
Crépey	14	9	Gondreville	31	19
Fontenoy	2	2	Lay-Saint-Remy	46	17
Foug	20	13	Toul	29	22

Cet arrondissement fut donc relativement épargné en
1849, puisque 6 communes seulement furent atteintes,
avec une mortalité de 82 sur 142 malades. La première
commune atteinte fut Lay-Saint-Remy, le 25 juin; le
choléra y avait été directement importé de Paris. A six
heures du matin, le sieur Chauvelot, roulier, âgé de 45 ans,
venant de Paris, descend chez M. Gobillard, aubergiste;
il meurt à dix heures du soir; aussitôt le choléra éclate
dans la commune, qui compte 414 habitants, dont 17
succombèrent.

ARRONDISSEMENT DE LUNÉVILLE

Communes rangées d'après leur date d'invasion

Communes	Cas	Décès	Communes	Cas	Décès
Amenoncourt	16	5	Emberménil	58	17
Baccarat	61	39	Fraimbois	87	32
Blainville	81	26	Gelacourt	15	12
Saint-Clément	92	8	Lunéville	107	41
Courbessaux	21	2	Veho	37	15
Damelevières	48	11	Xermaménil	37	1
Deneuvre	41	9			

13 communes furent atteintes, avec 218 décès.

M. Imbeaux ajoute à cette liste : Flin (Ménil), 20 cas, 7 décès; Merviller, 20 cas, 3 décès.

Le choléra s'était déclaré le 29 mai, à Deneuvre, puis infectait presque aussitôt Baccarat (10 juin), qui est tout proche; il dura jusqu'au 9 novembre. Lunéville fut atteint du 23 juin au 30 septembre; il y eut, sur une population de 13.000 âmes, non compris la garnison, 105 malades et 41 décès. Le premier cas avait été observé au sud-est de la ville, dans le faubourg d'Alsace, quartier très salubre et bien aéré, chez un homme d'une cinquantaine d'années, célibataire, adonné aux boissons et vivant en partie d'aumônes; le bruit courut qu'il était allé mendier à Baccarat, distant de 25 kilomètres; mais des renseignements pris dans le voisinage prouvèrent qu'il n'en était rien. Transporté à l'hôpital, il mourut rapidement. On ne vit plus qu'un second cas de choléra dans ce faubourg, et encore s'y montra-t-il à plusieurs jours de là et dans une maison

3

éloignée de la première. Le troisième cas apparut dans une rue sale et mal habitée (rue des Cloutiers), chez une femme âgée, exerçant la profession de blanchisseuse. Un autre cas fut encore observé rue de Villers, faisant suite au faubourg du même nom, chez un blanchisseur, qui mourut en même temps qu'une de ses filles.

Au même moment, un cinquième malade entrait à l'hôpital et mourait le lendemain. Dès lors, le fléau fit de grands progrès et se répandit à travers la ville, mais aucun individu de la classe aisée ne fut frappé. Sur les 41 décès, 32 ont eu lieu dans le faubourg de Villers, au sud de la ville, peu salubre par suite de l'abaissement du sol, au voisinage de la Meurthe et des prairies humides, sur la pente desquelles étaient bâties les dernières maisons.

La dernière commune atteinte fut Veho, le 9 novembre.

ARRONDISSEMENT DE SARREBOURG

Communes rangées d'après leur date d'invasion

Communes	Cas	Décès	Communes	Cas	Décès
Bertrambois	58	19	Landange	45	11
Fraquelfing	48	12			

Cet arrondissement, déjà épargné en 1832, fut donc encore très ménagé en 1849, puisque trois communes seulement furent atteintes. L'épidémie dura de la fin de juillet à la mi-octobre; les 3 communes atteintes appartenaient au canton de Lorquin.

De sinistres rumeurs apportaient les détails des ravages à Baccarat, quand tout à coup, le 27 juillet au matin,

un mendiant, nommé Guizot, atteint depuis longtemps
d'hépatite chronique, est trouvé mort dans son habitation,
à Bertrambois. Le lendemain 28, une femme Roch, prise
de vomissements et de crampes, meurt le 13 août; le
choléra s'étend alors à toute la commune. Or, à Bertrambois, il y avait beaucoup de colporteurs de faïence et
de verroteries qui venaient s'approvisionner à Baccarat
où sévissait le fléau; de nombreuses communications
existaient donc entre ces deux localités, et il n'y a rien
d'étonnant à ce que le choléra ait été importé dans cette
commune.

Fraquelfing fut atteint le 10 août, et sur une population
de 259 habitants, eut 48 cas et 12 décès. Cette commune,
située sur le grand chemin vicinal de Bertrambois à
Lorquin, avait nécessairement de fréquentes communications avec Bertrambois, qui en est à une faible distance.

Landange, qui fut frappé le 3 octobre, communique
d'une façon moins active et moins directe avec ces deux
communes, mais il est situé sur le même cours d'eau que
Bertrambois.

ARRONDISSEMENT DE CHATEAU-SALINS

Communes rangées d'après leur date d'invasion

Communes	Cas	Décès	Communes	Cas	Décès
Château-Salins	»	5	Harraucourt	»	44
Château-Voué	»	28	Morville-sur-Nied	»	30
Chenoy	»	4	Vic	»	14
Fresnes	»	50			

Sept communes furent frappées, avec 175 décès.

Sans qu'il y eût épidémie proprement dite, de nombreuses communes présentèrent quelques cas en petit nombre; parmi celles-ci, on cite : Moyenvic, Marsal, Dedeling, Lucy, Coutures, Chambrey, Dalhain, Dieuze, Gerbécourt, Hampont, Wuisse, Salonne, Lemoncourt.

L'épidémie commença à Fresnes, le 25 juillet, et dura jusqu'au 26 septembre, faisant 50 victimes sur une population de 629 habitants. On avait déjà observé plusieurs cas de cholérine et un cas de choléra le 14 juillet, à Lemoncourt, chez un sieur Obelian. Les communications entre Lemoncourt, Fresnes et Nomeny sont assez rares, pourtant des voitures de roulage allant à Château-Salins et à Dieuze, traversaient Lemoncourt et Fresnes et purent y importer le choléra dont furent atteints le sieur Rousselot, maire, et une femme qui d'ailleurs guérirent.

Mais, le 27 juillet, le choléra frappa la femme d'un sieur Thiébaut, maréchal-ferrant, lequel avait été faire un voyage à Nomeny quelques jours avant. Sans être atteint lui-même du choléra, il ne le communiqua pas moins à son épouse, puis à toute la commune; c'était un porteur de germes sain.

De Fresnes, le choléra gagna Château-Salins. Dans la nuit du 4 au 5 août, beaucoup de personnes éprouvèrent des symptômes cholériques, comme s'il y avait eu une cause hydrique; puis le mal s'étendit et il y eut plus de 200 malades sans que, cependant, il y ait à proprement parler épidémie. Des cas plus graves se manifestèrent dans les premiers jours de septembre, où cinq personnes moururent.

De là, il passa à Hampont, où il y eut un cas mortel et trois cas moins graves; trois jours après, le 27 août, il était à Harraucourt, où l'épidémie dura jusqu'au 18 septembre, après avoir fait 44 victimes sur une population de 414 habitants.

De Château-Salins, peut-être d'Harraucourt, le choléra atteignit Château-Voué, où il fit 28 victimes sur 352 habitants. Le 17 septembre, un homme éprouva tous les symptômes du choléra, mais guérit; le 25, une femme de 37 ans est atteinte subitement et meurt en peu de temps, puis, après un calme de quelques jours, l'épidémie reprend pour finir le 14 octobre, mais il y eut encore deux cas mortels, le 24 novembre et le 17 décembre.

Le docteur Ancelon, qui a fait la relation de cette épidémie, dit que ce n'est pas par contagion que le choléra a paru dans le canton; nous savons ce qu'il faut penser de cette opinion. Harraucourt n'est distant que de 6 kilomètres de Château-Voué, mais il n'y avait entre ces deux communes que des relations très rares, même pas de chemin direct de l'une à l'autre; aussi est-il admissible que le choléra soit plutôt venu de Château-Salins, avec lequel les relations étaient faciles et nombreuses.

Morville-sur-Nied, situé tout à fait sur la limite du département de la Meurthe et de la Moselle, fut atteint le 16 octobre et eut trente victimes en un mois.

Il est difficile d'admettre que le choléra provenait de Château-Voué, situé à 21 kilomètres, avec lequel il n'avait aucunes relations; peut-être là encore arrivait-il de Château-Salins, peut-être aussi du département de la Moselle. Fauville, qui en est proche, était infecté; le 8 juin, un sieur Henriot y prit même le germe de la maladie. Il tomba malade en arrivant à Moyenvic, mais guérit sans communiquer la maladie à aucune des nombreuses personnes qui l'approchèrent ou lui donnèrent des soins. Moyenvic n'a eu effectivement qu'un seul cas de choléra.

Département de la Moselle

Le choléra éclata le 4 juin, à Thionville; le 13, il était à Vigny, le 17 à Metz. Dès lors, l'épidémie se répandit dans tout le département pour ne s'éteindre complètement qu'à la fin d'octobre.

ARRONDISSEMENT DE THIONVILLE

Communes rangées d'après leur date d'invasion

Communes	Cas	Décès	Communes	Cas	Décès
Thionville	74	44	Luttange	»	»
Yutz et Basse-Yutz	»	»	Kœnigsberg	»	»
Metzervise	»	»	Metzeresche	30	11
Valmestroff	»	»	Kedange	10	2
Kœnigsmacker	173	57	Bousse	»	»
Distroff	»	»	Neunkirchen	9	6
Moyeuvre-Grande	»	»	Pilstroff	5	1
Beuvange	»	»	Mandern	»	7
Gondrange	»	»	Rethel	90	25
Montenach	»	2	Etzange	21	10
Kerling	»	»	Uckange	1	1
Valdvisse	200	32	Hayange	90	24
Dalstein	230	32	Rangvaux	65	21
Bettelainville	»	»	Kontz-Haute	1	»
Sierck	45	26	Santzech	16	11
Kirch-les-Sierck	80	14	Manom	»	»
Apach	21	4			

34 communes furent atteintes, avec 330 décès.

Mais ce tableau, comme d'ailleurs les suivants, n'indique certainement pas toutes les communes qui furent atteintes ou bien donne un nombre insuffisant de décès, car Didion, dans son histoire des épidémies du département de la Moselle, dit que l'arrondissement de Thionville perdit 574 personnes, presque le double par conséquent du nombre indiqué.

A Yutz, la première personne atteinte est un ouvrier maçon employé à Thionville.

A Kœnigsmacker, les enfants de M. Dismoff, frappés du choléra à Thionville, sont ramenés mourants; ils succombent dans les 24 heures, puis les autres personnes de la famille sont atteintes à leur tour et meurent rapidement.

A Neunkirchen, l'épidémie parut importée par une femme qui était allée voir sa fille atteinte de choléra à Waldvisse.

A Mandern, le premier malade est un habitant du village qui tombe frappé en revenant d'assister, dans une commune de Prusse, au repas de funérailles d'un homme mort de choléra.

ARRONDISSEMENT DE METZ

Metz, en 1849, avait une population fixe de 40.000 habitants, et une garnison de 7.000 hommes; le choléra n'enleva que 59 personnes, soit 1/600; la garnison ne perdit que 2 hommes, soit 1/3.000; c'est en août et septembre que plus de la moitié des décès eurent lieu. Presque toutes les personnes atteintes appartenaient à la classe ouvrière et si le choléra frappa sur tous les points de la ville, il choisit cependant ses victimes dans les quartiers pauvres,

dans les maisons mal tenues où habitaient des personnes
mal nourries, usées par le travail ou par les excès de
toutes sortes.

Communes rangées d'après leur date d'invasion

Communes	Cas	Décès	Communes	Cas	Décès
Hautconcourt	»	6	Charleville	1	1
Maizières	»	4	Villers-Bettnach	1	1
Montigny	»	1	Vigy	14	7
Moulins	5	2	Antilly	1	»
Longeville	18	10	Sanry	1	»
Le Sablon	11	6	Ay	»	13
Plappeville	»	»	Ennery	1	»
Vigny	»	»	Châtel-St-Germain ...	13	9
Sillegny	92	23	Gravelotte	36	19
Buchy	10	4	Jussy	2	2
Pontoy	3	1	Novéant	4	3
Sailly	72	13	Gorze	350	85
Achâtel	75	13	Ars	60	27
Goin	225	56	Ancy	44	26
Pournoy	40	1	Loutremange	»	»
Secourt	165	59	Volmerange	1	1
Louvigny	»	1	Condé	52	2
Solgne	10	2	Varize	»	»
Foville	45	6	Teting	»	»
Pagny-lès-Goin	7	3	Courcelles-Chaussy...	3	1
Sainte-Barbe	50	18	Maizeroy	11	»
Orny	»	»	Thimonville	»	3

44 communes furent atteintes, avec 429 décès, ce qui,
avec la mortalité de Metz s'élevant à 59, ne donne qu'un
total de 488 au lieu de 536 donné par Didion.

A Longeville, un manœuvre qui revenait de Metz est
atteint le 27 juillet et meurt en quelques jours. Sur 18 cholériques observés dans cette commune, du 27 juillet à la

fin d'août, 12 habitaient la petite ruelle de l'Eglise, qui était pourtant dans des conditions de salubrité au moins aussi heureuses que le reste du village. Ce n'est que vers la deuxième moitié du mois d'août que le fléau a gagné le reste de la population.

Au Sablon, le choléra sévit quinze jours au commencement de septembre, dans un espace très restreint ; on peut presque dire dans une maison isolée, située sur la route de Magny. Sur les 15 personnes qui l'habitaient, 11 ont été atteintes et 6 ont succombé. Les deux derniers cas sévirent sur deux malades demeurant dans une maison séparée de la première par la largeur de la route seulement. Cette maison, isolée au milieu des champs, était entourée de ces dépôts d'immondices indispensables à la culture active qui l'entourait. Les habitants se servaient de l'eau d'un puits découvert, peu profond, recevant toute l'année, pendant les pluies, des eaux boueuses et stagnantes, formées en grande partie par les eaux ménagères de la maison.

A Plappeville et à Tignaumont, le fléau a sévi avec beaucoup plus d'intensité que dans les villages précédents. Du 9 septembre aux premiers jours de novembre, c'est-à-dire pendant deux mois entiers, sur une population d'environ 400 habitants, près de 100 personnes ont été alitées. Le 8 septembre, un homme de Saulny, parti dès le matin de chez lui en bonne santé, vient à Longeville prendre du laitage ; là il éprouve les premiers symptômes du choléra asiatique ; il se traîne à travers Plappeville, jusqu'à Tignaumont, où il succombe dans la soirée. Le lendemain, un autre cas se déclare dans la commune ; l'épidémie allait alors commencer ses ravages. A Ancy, le choléra éclate le 22 août, chez un vieillard qui, quatre jours avant, était venu à Gorze pour assister un de ses neveux atteint de choléra foudroyant.

A Gorze, avant l'invasion du choléra, plusieurs personnes avaient été atteintes d'indispositions très propres à en faire redouter l'approche : coliques avec diarrhée, vomissements bilieux, abaissement de la chaleur du corps, courbature générale, quelquefois véritables crampes dans les jambes. Huit jours après la disparition de ces cas, une femme du dépôt de mendicité présenta tous les symptômes de la maladie et mourut le lendemain.

Le dernier cas fut observé le 30 octobre.

A Gravelotte, le choléra s'est montré chez une femme qui, les jours précédents, était allée à Sillegny où son père succombait à cette maladie.

ARRONDISSEMENT DE BRIEY

Communes rangées d'après leur date d'invasion

Communes	Cas	Décès	Communes	Cas	Décès
Jarny	2	1	Joppécourt	»	»
Rombas	»	2	Xivry-Circourt	»	»
Jœuf	»	22	Morfontaine	81	11
Moineville	»	»	Villers-la-Montagne..	3	2
Homécourt	»	»	Bazaille	100	23
Pierrevillers	»	»	Redange	1	1
Fontoy	»	»	Saulny	10	1
Knutange	»	»			

15 communes furent atteintes, avec une mortalité de 63, au lieu de 118, chiffre donné par Didion.

A Villers-la-Montagne, le choléra a été importé par une femme de 50 ans, qui avait donné des soins à sa fille atteinte et morte à Morfontaine, et par une fille qui avait été à Bazaille.

ARRONDISSEMENT DE SARREGUEMINES

Il compta 10 décès.

En résumé, pendant l'épidémie de 1849, il y eut, d'après Didion :

A Metz.	59	décès
Dans l'arrondissement de Metz	477	—
— de Thionville. . .	574	—
— de Briey	118	—
— de Sarreguemines.	10	—
	1.238	décès

soit 1/3362 de la population.

Épidémie de 1854

Elle suivit à peu près la même route que les précédentes. Le 20 août 1853, le choléra fit irruption en Angleterre et occasionna une grande mortalité dans les villes de Newcastle et Gastehead; il sévit au Havre depuis le 15 septembre jusqu'au 15 novembre et parut à Paris vers le 11 de ce dernier mois; 70 départements furent atteints. La Lorraine fut encore envahie.

Département de la Meurthe

L'épidémie de 1854 dura 9 mois, du 18 mars au 18 décembre; elle eut, en même temps qu'une durée beaucoup plus longue que les précédentes, une extension bien plus considérable. Les résultats de la statistique sont assez variables suivant les auteurs. D'après le docteur Simonin, 171 communes furent envahies, avec une mortalité de 4.157.

ARRONDISSEMENT DE NANCY

Nancy comptait 45.129 habitants; il y eut 401 décès, soit une proportion de 0,84 %, de beaucoup supérieure à celles de 1832 et de 1849, qui avaient été de 0.62 et 0.57.

Le premier cas fut observé le 16 décembre 1853. Un nommé Marandel, reclus au dépôt de mendicité, mourut le 20 décembre. En janvier 1854, il y eut encore deux cas. En février, l'on aurait pu craindre une infection plus sérieuse, mais il n'en fut rien; en effet, le 16 de ce mois, un sieur Merme, savoyard ramoneur, domicilié à Nancy, s'était rendu à Metz, et avait couché dans une maison où plusieurs personnes venaient de mourir du choléra; il revint à Nancy; tombé malade, il entra à l'hôpital dont il sortit guéri le 28. Malgré cette contamination, qui aurait pu avoir les conséquences les plus graves, on ne compte, du 16 décembre 1853 au 18 mars, que 13 choleriques, dont 7 décès, et du 18 mars au 23 juillet, que 2 décès. A partir du mois de mars, jusqu'à la fin de juillet, on pouvait donc presque se croire à l'abri du fléau, lorsque dans la dernière quinzaine de ce mois, vers le 23 juillet, la scène change et une véritable explosion se produit dans toute la ville pour devenir plus fréquente en août et surtout en septembre, pour se terminer le 18 décembre.

Voici d'ailleurs la répartition des décès :

Janvier à juillet	9 décès.	
En Juillet	2	—
— Août	47	—
— Septembre	265	—
— Octobre	67	—
— Novembre	11	—
— Décembre	0	—
	401 décès	

soit presque le double du chiffre de 1849.

Le plus grand nombre des décès a été constaté dans les quartiers pauvres de la ville, rue de l'Equitation, rue des Artisans, rue Notre-Dame, faubourg Saint-Pierre. Dans

le faubourg de Metz, la population maraîchère fut presque
exclusivement atteinte.

Communes rangées d'après leur date d'invasion

Communes	Cas	Décès	Communes	Cas	Décès
Nancy	489	401	Gripport	121	23
Praye	48	27	Neuves-Maisons	6	4
Prény	23	21	Saint-Nicolas	12	13
Haroué	28	15	Roville	97	10
Custines	7	2	Mangonville	86	7
Housseville	119	58	Bainville-aux-Miroirs.	82	7
Vaudeville	225	59	Marbache	150	18
Ognéville	99	11	Dieulouard	365	42
Pagny-sur-Moselle	150	53	Morey	120	21
Diarville	175	55	Frouard	240	51
Flavigny	125	5	Eply	39	18
Forcelles-s/-Gugney	58	8	Affracourt	96	24
Richardménil	27	11	Sainte-Geneviève	24	11
Bouzanville	63	24	Loisy	116	14
Bouxières-aux-Chênes.	256	6	Amance	20	2
Laneuvelotte	42	18	Jezainville	29	17
Lebeuville	28	13	Seichamps	205	48
Laxou	93	31	Crevéchamps	2	2
Thorey	77	19	Benney	81	37
Fraines-en-Saintois	267	22	Thelod	47	21
Vandières	96	3	Champenoux	280	50
Laneuveville	93	17	Bezaumont	5	2
Vitrey	136	20	Velaine-s⁼-Amance	40	24
Lalœuf	191	49	Lenoncourt	305	31
Xirocourt	40	10	Neuviller-sur-Moselle.	37	4
Gugney	60	17	They	9	1
Tomblaine	101	11	Pulnoy	1	1
Saint-Firmin	129	17	Leyr	4	2
Atton	33	14	Eulmont	40	8
Tonnoy	111	18	Champigneulles	19	9

Il y eut 60 communes atteintes, avec une mortalité
de 1.557. A cette liste, M. Imbeaux ajoute 19 communes,
avec 117 décès, ce qui porterait la mortalité totale à 1.674.

Le docteur Parisot, dans un de ses rapports, fait un tableau complet de la malpropreté de ces villages. « Les rues, dit-il, sont en général mal disposées; il y a des ruelles, des impasses, des angles rentrants où viennent s'accumuler les immondices et les déjections animales de la commune; les purins et les eaux ménagères sont déversés dans les cassis; les fontaines et les lavoirs sont mal entretenus et les cimetières sont une cause d'insalubrité autour des églises. »

La première commune atteinte fut Nancy; la dernière, Champigneulles, le 13 décembre; le dernier décès eut lieu à Lenoncourt, le 18 décembre. Dans quelques-unes, le choléra n'a duré que 8 jours (Affracourt), tandis que, dans d'autres, sa durée a été de 40 à 45 jours et même 80 jours (Bouzanville, Ogneville, Gugney). Pompey et Maréville furent encore épargnés.

ARRONDISSEMENT DE TOUL

Le choléra fit son apparition le 11 juin à Royaumeix, situé à 12 kilomètres au nord de Toul, sans qu'aucune cause appréciable puisse expliquer son apparition sur ce point plutôt que sur un autre, les investigations les plus minutieuses ayant prouvé que les premières personnes atteintes n'avaient pas quitté la commune et que pas un malade étranger n'y avait succombé. Quelques jours après, Domgermain, à 6 kilomètres au sud de Toul est envahi; puis, le 30 juin, c'est Ménil-la-Tour et dans les premiers jours de juillet, Bouvron, Sanzey. Andilly.

Grâce aux communications faciles et fréquentes entre Royaumeix et les villages environnants, le choléra eut vite fait d'envahir tout l'arrondissement. Quelques exemples puisés dans le livre de M. Bancel en font foi.

C'est ainsi qu'à Boucq, la maladie fut importée par les ouvriers qui travaillaient à Royaumeix. A Laneuveville, elle fut apportée par deux habitants qui venaient de Boucq; à Ménil-la-Tour, par une femme de Bouvron, et à Pulnoy par un individu venant de Mirecourt.

L'arrondissement de Toul a été le plus fortement touché des quatre arrondissements, sans doute à cause de la mauvaise qualité de ses eaux; la mortalité a été beaucoup plus élevée que dans l'arrondissement de Nancy; plusieurs de ses communes perdirent le 1/7 de leur population, tandis que d'autres, il est vrai furent à peine éprouvées quoique se trouvant dans de moins bonnes conditions d'hygiène et de prophylaxie. D'après les listes muicipales sur le mouvement de la population, on comptait le 30 mars 1 décès par choléra à Favières, mais l'épidémie ne commença réellement qu'en juin pour se terminer les 8 et 10 novembre à Saint-Baussant.

Les mauvaises conditions dans lesquelles se trouvaient les villages, les épidémies de typhoïde, de suette qui régnaient encore dans certains d'entre eux : la malpropreté des rues et des maisons, l'insalubrité des cimetières et la mauvaise nourriture des campagnes ne furent pas sans effet sur la mortalité excessive de l'arrondissement.

Apparu au moment où régnaient des vents du Nord avec pluies abondantes, le choléra eut comme en 1832 et 1849 une marche très capricieuse bien faite pour dépister les médecins, déjà peu sûrs des connaissances qu'ils avaient sur le choléra. Le choléra, nous dit Bancel, a donné un démenti aux opinions généralement reçues, c'est souvent dans les villages les plus salubres et les mieux disposés qu'il s'est plu à exercer ses ravages; sous le rapport de sa marche et de ses causes, il a déjoué toutes les prévisions humaines et nous ne sommes pas plus avancés qu'en 1832.

Royaumeix, Boucq, Domgermain, Pulnoy, situés sur des hauteurs éloignées de tout cours d'eau, furent en effet très atteints alors que beaucoup d'autres villages riverains de la Meurthe ont eu peu ou pas de victimes. Toul fut atteint le 9 juillet et eut 110 décès.

Communes rangées d'après leur date d'invasion

Communes	Cas	Décès	Communes	Cas	Décès
Royaumeix	61	57	Sanzey	108	36
Andilly	43	21	Trondes	43	21
Avrainville	30	8	Bagneux	56	37
Domgermain	135	89	Foug	92	55
Ménil-la-Tour	84	53	Gye	7	5
Bicqueley	204	34	Saulxerotte	7	7
Boucq	130	92	Saulxures-les-Vannes	60	22
Charmes-la-Côte	113	49	Villey-Saint-Etienne	20	14
Favières	67	49	Ochey	182	66
Rosières-en-Haye	39	22	Allain-aux-Bœufs	99	43
Tremblecourt	35	23	Uruffe	37	5
Blénod-les-Toul	181	105	Fécocourt	80	40
Toul	142	110	Pierre-la-Treiche	80	34
Bouvron	83	43	Tramont-Lassus	73	11
Crépey	88	43	Pulney	79	32
Colombey	30	24	Gibeaumeix	77	33
Crézilles	52	32	Francheville	6	6
Lagney	29	9	Thuilley	53	26
Maizières	31	2	Lucey	119	32
Pagney	106	38	Choloy	38	23

Communes	Cas	Décès		Communes	Cas	Décès
Saizerais	106	87		Thiaucourt	91	63
Aboncourt	42	23		Minorville	50	4
Selaincourt	12	7		Bulligny	47	31
Bernécourt	5	4		Laneuveville-d^t-Foug.	9	7
Ménillot	22	16		Rembercourt	56	25
Ausanville	42	8		Regniéville	154	14
Gondreville	179	49		Bruley	16	12
Liverdun	10	8		Saint-Baussant	3	1
Bouillonville	44	25		Sexey	»	»

Soit 58 communes et une mortalité de 1.825. D'après Bancel, le chiffre des communes atteintes s'élèverait à 61, avec une mortalité de 1901. M. Imbeaux en énumère 87, avec une mortalité de 1.919.

ARRONDISSEMENT DE SARREBOURG

23 communes furent atteintes, avec 287 décès. Le choléra ne sévit guère que pendant le mois d'août. En effet :

```
15 communes furent atteintes en août.
 4      —           —      septembre.
 2      —           —      octobre.
 1      —           —      novembre.
 1      —           —      décembre.
```

L'épidémie débuta à Phalsbourg, le 29 juillet, et prit fin à Guermange, le 22 décembre.

ARRONDISSEMENT DE LUNÉVILLE

L'épidémie débuta le 4 août 1854, à Bayon, et prit fin le 3 décembre, à Montigny. 17 communes furent touchées, avec 195 décès.

Les communes atteintes sont, d'après leur date d'invasion :

Communes	Cas	Décès	Communes	Cas	Décès
Bayon	168	11	Haussonville	140	10
Blâmont	20	3	Velle	22	1
Lunéville	80	18	Lorrey	40	»
Barbonville	132	30	Baccarat	9	4
Blainville	14	1	Ancerviller	100	48
Bremoncourt	74	5	Remoncourt	4	4
Damelevières	25	4	Repain	55	7
Rozelieures	115	6	Montigny	4	2
Gerbéviller	8	3			

Le maximum de l'épidémie fut en août ; il y eut en effet

11 communes atteintes en août.
2 — — septembre.
1 — — octobre.
2 — — novembre.
1 — — décembre.

Lunéville atteint le 4 août, n'eut que 18 décès.

ARRONDISSEMENT DE CHATEAU-SALINS

Dans une lettre du 30 août 1854, le maire de Château-Salins avertit le préfet qu'il règne actuellement, dans l'arrondissement, un certain malaise que les médecins attribuent à l'influence du fléau ; que beaucoup de personnes sont atteintes de coliques et de diarrhée, surtout à Dieuze ou à Château-Salins, et que le choléra est aux portes de l'arrondissement, puisqu'il sévit à Morhange (Moselle).

Le premier cas fut observé à Dieuze, le 30 juillet, chez un jeune homme.

13 communes furent atteintes, avec 293 décès. L'épidémie commença en septembre, où 4 communes furent envahies; en octobre, il y en eut 8 et une en décembre. Ces communes sont, par ordre d'invasion, les suivantes :

Communes	Cas	Décès	Communes	Cas	Décès
Dieuze	»	33	Guenestroff	»	25
Lhor	»	10	Bezange-la-Grande ...	238	45
Insviller	»	8	Moyenvic	»	16
Arracourt	»	71	Morville-les-Vic	»	20
Lindre-Basse	»	10	Guelbestroff	»	6
Sorneville	150	13	Vergaville	»	35
Lindre-Haute	»	1			

A Arracourt, où il y eut le plus de décès, le pays était d'une malpropreté excessive; les rues encombrées de fumier, les mares fétides dans lesquelles croupissaient les égouts, les cassis sales, la boue, la paille épars dans le village eurent sûrement une grande influence sur la haute mortalité.

A Bezange, comme un peu dans tout l'arrondissement, le choléra fit son apparition sur des personnes atteintes depuis quelque temps de coliques légères avec diarrhée.

L'épidémie prit fin le 7 janvier 1855, ayant eu une durée de trois mois.

Département de la Moselle

Dans le courant des derniers mois de l'année 1853, quelques cas rares de choléra confirmé furent observés dans la ville de Metz; le premier sur une actrice qui arrivait de Paris; le second sur un ouvrier qui fut transporté à l'hôpital Bonsecours dans les derniers jours de décembre 1853. Ils guérirent tous deux, ainsi que deux femmes qui arrivèrent à l'hôpital dans la première quinzaine de janvier 1854. Cependant, le 10 décembre 1853, un enfant de 7 ans succomba du choléra. Un autre cas fut constaté le 5 janvier chez un homme habitant, rue Chambière, une des maisons voisines de l'hôpital; il mourut promptement.

Le 31 janvier 1854, qui fut une journée chaude et humide; dans la même maison, rue Saint-Ferroy, 7 cas de choléra se montrèrent en huit heures de temps. Disons d'abord que ces sept individus habitaient chez un logeur qui entassait dans un lieu infect le plus d'individus possible.

La rue Chambière fournit un grand nombre de malades, et c'est dans cette rue et dans quelques maisons situées en face de Bonsecours, quai de l'Arsenal, qu'à la même époque on observa à Metz les deux tiers des cholériques.

A la fin de février, les cas de choléra y diminuèrent très sensiblement et ce ne fut que vers le milieu du mois de juillet, après une interruption de quatre mois, qu'on en observa de nouveau un certain nombre, mais cette fois disséminés dans toutes les parties de la ville, où les derniers malades parurent dans le cours de novembre. Pour le reste du département, ce ne fut qu'au mois de juillet que les premiers cholériques furent observés. L'épidémie y dura du 14 juillet au 9 novembre. Le docteur Didion, dans sa monographie, dit qu'il ne peut préciser le chiffre des décès du département, l'administration s'étant dessaisie en faveur du ministère de tous les documents qui lui ont été transmis par les médecins cantonaux. A Metz seul, il y eut 184 décès. La statistique de la partie de l'arrondissement de Briey restée française a été établie par M. Imbeaux.

ARRONDISSEMENT DE BRIEY

Communes	Cas	Décès	Communes	Cas	Décès
Abbeville	»	12	Lixières	20	9
Aix	6	3	Lubey	»	»
Aillondrelle	20	10	Mainville	15	6
Audun-le-Roman	»	»	Mairy	20	7
Avril	32	32	La Malmaison	25	12
Béchamps	38	33	Mance	50	38
Bettainvillers	10	8	Mars-la-Tour	»	20
Boncourt	»	8	Moineville	10	3
Brehain	»	6	Mont	»	»
Briey	450	129	Montigny-sʳ-Chiers ..	»	»
Crusnes	30	20	Mouaville	40	22
Doncourt	»	14	Moutiers	»	6
Errouville	40	27	Murville	10	4
Fillières	»	11	Norroy-le-Sec	»	22
Friauville			Pierrepont	»	»
Hagéville	»	11	Sᵗ-Ail-Habonville	»	2
Hammonville	36	17	Sancy	»	40
Hatrize	35	18	Serrouville	320	18
Hussigny	»	2	Trieux	15	8
Immonville	»	2	Ugny	100	14
Jarny	60	36	Valleroy	»	32
Joppécourt	5	»	Villerupt	»	6
Joudreville	10	»	Ville-sur-Yron	8	7
Labry	»	5	Waville	62	24
Lantéfontaine	»	16			

49 communes furent atteintes avec une mortalité de 720.

En Lorraine, l'épidémie de 1854 n'eut pas le même début que les précédentes ; elle couve pendant plusieurs mois sous la cendre avant de faire explosion. Des cas isolés et bénins sont signalés par ci, par là à Nancy et sur les différents points du département, de décembre 1853 à la fin de juillet 1854. Le 16 décembre 1853, c'est un sieur Marandel qui meurt du choléra ; on ne donne sur son compte aucun renseignement, on ne cherche même pas l'origine probable de l'infection. Puis, le 5 janvier, ce sont deux nouveaux cas, en relation possible avec celui de Marandel ou indépendants et provenant d'autre source. Le 9 février, c'est un individu revenant de Metz, qui est atteint en arrivant à Nancy.

Le choléra ne fait que végéter, comme s'il n'avait pas encore trouvé soit dans les conditions individuelles, soit dans les conditions atmosphériques, les éléments nécessaires à son développement. La population reste réfractaire ; il continua pourtant à se produire des cas isolés, non plus seulement à Nancy, mais sur divers points du département.

C'est ainsi que le choléra se montre à Bayon dès le 9 mars, à Favières le 30 du même mois, à Pray le 1er avril. Y avait-il une relation entre ces différents cas, ou bien ces différents foyers étaient-ils indépendants les uns des autres ? C'est ce qu'il est impossible de préciser après cinquante ans, alors que les médecins de l'époque ne se sont pas préoccupés de cette question.

Puis après une période de calme se prolongeant six mois, l'épidémie éclate avec intensité, en août, septembre et octobre, faisant de nombreuses victimes, pour se terminer en décembre.

Épidémie de 1855

Ce ne fut que la continuation de celle de 1854, le réveil d'un foyer incomplètement éteint.

Département de la Meurthe

L'épidémie dura du 17 juin au 16 décembre, soit environ six mois, elle sévit sur 57 communes dans lesquelles elle fit 1.653 victimes. Le choléra, qui avait cessé à la fin de décembre 1854, se montra le 5 janvier à Desseling, dans l'arrondissement de Sarrebourg, puis à Nancy dans le même mois.

Nancy avait une population de 48.144 habitants. Il y eut 264 décès soit 0,54 %. Savoir :

En Janvier.	1	décès.
— Juin.	1	—
— Septembre	89	—
— Octobre	157	—
— Novembre	14	—
— Décembre	2	—

En janvier 1855, un cas mortel se montra, puis un nouveau en juin. Jusqu'en septembre, l'épidémie paraissait terminée; mais à partir du 5 de ce mois, le choléra parut presque simultanément dans tous les quartiers de la ville, y faisant de nombreuses victimes, jusqu'au 22 octobre; puis les cas graves sont devenus de moins en moins nombreux jusqu'au 16 décembre, où ils ont cessé de se montrer. La garnison, qui comptait 1.200 hommes, eut 16 cholériques du 16 au 31 octobre, mais un grand nombre de diarrhées cholériformes.

Il y eut 3 communes atteintes en Janvier.
— 3 — Juin.
— 4 — Juillet.
— 8 — Août.
— 12 — Septembre.
— 23 — Octobre.
— 4 — Novembre.

Le maximum d'intensité fut donc en octobre; les premières communes atteintes furent Desseling, Nancy, Brin, Bioncourt; les dernières furent Maixe, Mont, Pulnoy.

ARRONDISSEMENT DE NANCY

Communes rangées d'après leur date d'invasion

Communes	Cas	Décès	Communes	Cas	Décès
Armaucourt	80	50	Lemainville	39	15
Arraye-et-Han	48	12	Lemoncourt	49	22
Art-sur-Meurthe	35	13	Lehicourt	21	6
Bey	54	24	Leyr	82	37
Bouxières-aux-Chênes.	308	49	Mailly	20	12
Brin.................	80	25	Malzéville	21	13
Buissoncourt	117	23	Saint-Max	9	4
Cercueil	35	16	Neuves-Maisons	9	7
Dombasle	36	21	Saint-Nicolas	114	48
Dommartemont	5	2	Pulnoy	11	1
Essey	19	14	Remeréville	55	7
Haraucourt	85	33	Rosières-aux-Salines..	48	25
Lay-St-Christophe....	239	74	Varangéville	117	39

Il y eut ainsi 27 communes atteintes, avec une mortalité de 856, à laquelle il faut ajouter les 264 décès de Nancy, ce qui donne un total de 1.120 pour l'arrondissement.

ARRONDISSEMENT DE TOUL

D'après Husson, 2 communes furent atteintes :

Bainville-s.-Madon avec 6 décès.
Sexey-aux-Forges — 3 —

ARRONDISSEMENT DE SARREBOURG

Desseling . . . . 11 décès.
Saint-Quirin. . . . . 1 —

ARRONDISSEMENT DE CHATEAU-SALINS

5 communes furent atteintes avec une mortalité de 70.

Attilloncourt. . . . . 15 décès.
Bioncourt . . . . . . 25 —
Juvrecourt. . . . . . 15 —
Manhoué. . . . . . . 5 —
Mazerulles. . . . . . 10 —

ARRONDISSEMENT DE LUNEVILLE

Communes rangées d'après leur date d'invasion

Communes	Cas	Décès	Communes	Cas	Décès
Anthelupt	78	18	Hudiviller	5	2
Bauzemont	112	32	Laronxe	41	19
Blainville	109	45	Lunéville	45	21
Bonviller	16	7	Maixe	41	14
Saint-Clément	23	8	Mehoncourt	33	17
Crévic	12	11	Mont	26	8
Damelevières	78	41	Rehainviller	55	22
Drouville	112	61	Vigneulles	11	8
Haigneville	35	12	Vitrimont	»	2
Haussonville	72	23	Vathey	18	»
Hénaménil	231	71			

21 communes furent atteintes, avec 442 décès, chiffre plus que double de celui de 1854. On remarquera que Lunéville, Blainville, Damelevières ont été atteints dans chaque épidémie.

Epidémie de 1865

Toutes les épidémies précédentes avaient suivi la voie terrestre; celle de 1865 fut exclusivement maritime. Eclose à La Mecque, où le choléra avait été importé par des pèlerins venant des Indes, elle envahit ensuite l'Egypte et Alexandrie et, grâce aux navires en partance pour les ports du bassin méditerranéen, elle rayonna en éventail sur tous les pays du Sud de l'Europe et en Algérie, où succombèrent de nombreux médecins militaires, parmi lesquels était mon grand-père, alors médecin-major à l'hôpital de Mostaganem.

Elle se déclara à Marseille le 20 juillet et à Paris le 18 septembre. Plusieurs départements furent atteints pendant l'été et l'automne; la Lorraine fut presque épargnée; la statistique n'indique que 34 cas et 9 décès dans le département de la Meurthe, savoir :

Baccarat.	2 cas	1	décès.
Blainville	7 —	2	—
Gerbéviller. . . .	7 —	0	—
Lachapelle. . . .	4 —	1	—
Lunéville. , . . .	2 —	2	—
Frolois.	12 —	3	—

Il y eut en outre un certain nombre de cholérines sans gravité à Marbache, Dieulouard, Belleville, Jezainville,

Outreville. M. Imbeaux dit aussi que le choléra apparut dans la région de Sarrebourg, Lutzelbourg, Saint-Quirin, mais y fit peu de victimes. Le département de la Moselle fut presque complètement préservé; deux villages seulement, Remering et Ham-sous-Varsberg présentèrent quelques cas, au mois de novembre.

Epidémie de 1866

Ce fut la continuation de l'épidémie de 1865.

Département de la Meurthe

Le choléra fut presque exclusivement localisé dans l'arrondissement de Sarrebourg, où d'ailleurs il ne fit qu'un très petit nombre de victimes. Il avait été importé à Oberstinzel (canton de Fenestrange) par une personne atteinte de diarrhée cholériforme dont on n'indique pas la provenance.

Une marchande de chiffons vint dans cette commune, en emporta la diarrhée; elle donna le choléra à une meunière de Gerlingen, laquelle en mourut sans que d'autres personnes fussent atteintes. Puis la chiffonnière rentra à Hermelange (canton de Lorquin), donna le choléra à toute sa famille composée de six personnes dont trois succombèrent sans qu'aucun autre habitant fût atteint.

Dans le même arrondissement on note 5 cas à Cirey.
Dans l'arrondissement de Lunéville. 1 cas à Gerbéviller.
   —   —   Nancy . . quelques cas à Lanfroicourt.
   —   —   Toul . . . 5 cas, 2 décès à Thiaucourt.

Département de la Moselle

Le département de la Moselle, qui avait été épargné en 1865, fut durement maltraité en 1866; la durée de l'épidémie y fut presque de 10 mois; elle commença le 17 mars, pour se terminer à Bouzonville dans les premiers jours de février 1867. Il y eut 2.884 décès.

Sarreguemines, cette fois, ne fut pas épargné, quoique présentant encore un nombre de décès inférieur à celui des autres arrondissements.

METZ. — Au mois de mars 1866, un soldat d'artillerie de marine, convalescent d'un choléra algide, pour lequel il venait d'être soigné à Lorient, revint chez ses parents, à Vahl-les-Faulquemont, pour y passer quelques semaines de congé. Quelques jours après, le 17 mars, sans que dans tout le canton de Faulquemont il y eut la moindre influence épidémique, le père de ce soldat fut atteint de choléra; trois jours après, deux habitants des maisons contiguës furent atteints aussi et succombèrent en quelques heures. Depuis ce moment, l'épidémie s'étendit progressivement à tout le village, en marchant, pour ainsi dire, de maison en maison.

Une femme de Boulay, qui était restée chez son fils, à Vahl-les-Faulquemont, pendant la durée de l'épidémie, revint chez elle au commencement du mois, dans un état de malaise extrême. Elle meurt du choléra le 14 mai, et depuis ce moment l'épidémie éclate et va grandissant dans Boulay, jusqu'au milieu de juin, où elle sévit avec une violence terrible. De Boulay, le choléra est importé à

Metz par des personnes qui s'enfuient, épouvantées, et, peu à peu, l'épidémie est générale dans la Moselle.

A Metz, la chaleur s'est montrée du 9 juillet au 2 novembre, et fit 184 victimes.

Les quatre arrondissements ont présenté un chiffre assez élevé de décès.

L'arrondissement de Metz a eu...... 1.190 décès.

    —   de Sarreguemines.. 341   —

    —   de Thionville...... 405   —

    —   de Briey.......... 948   —

                                      2.844

Dans ce dernier, qui fut fort maltraité, le choléra avait pénétré par deux portes : d'une part, il fut apporté, le 17 juin, de Belgique à Longwy; d'autre part, un nourisson arrivant de Paris l'apporta à Anderny; il dura jusqu'à la fin d'octobre, atteignant 54 communes.

Le nombre des communes frappées et celui des décès fut donc un peu plus considérable qu'en 1854.

Épidémie de 1873

En 1867, M. Weiss cite deux cas, dont l'un mortel en quelques heures à Sarrebourg; le germe avait été importé 10 jours auparavant par des habits ayant appartenu à un cholérique décédé à Bar-le-Duc.

En 1869, Scouterten relate une épidémie de cholérine sans grande gravité qui sévit à Metz et dans les campagnes environnantes.

L'origine de l'épidémie de 1873 est incertaine; pas plus en Lorraine qu'ailleurs, on ne peut déterminer si le choléra s'était développé sur place, si c'était un réveil de l'épidémie de 1865 ou s'il avait été importé par une voie inconnue : objets de lingerie, vêtements, porteurs de germe sains, etc.

On note à Nancy	1 cas	0 décès.
— Bathelémont	8 —	7 —
— Frolois	5 —	0 —
— Serres	20 —	11 —
— Bertrichamps	1 —	0 —
— Merviller	15 —	12 —
	50 cas	30 décès.

Le malade de Nancy fut observé par le docteur Lévy; il venait de faire un séjour d'un mois à Paris; or, à cette époque, l'épidémie régnait dans la capitale, où du 13 au 19 septembre, on constatait 190 décès par suite de cholérine ou choléra; il avait été pris huit jours après son retour de Paris.

Le docteur Alison, de Baccarat, fit le récit de la petite épidémie de Merviller, commune de 520 habitants, située à 5 kilomètres de Baccarat, et qui dura du 16 septembre au 6 décembre.

Cette épidémie avait été précédée d'un cas de choléra suivi de guérison à Bertrichamps, chez un individu de 72 ans, qui, frappé le 5 septembre, présenta tous les symptômes de la maladie; on ne trouva aucune trace d'importation; les personnes chez qui le malade se trouvait n'étaient allées nulle part; le malade lui-même n'était pas sorti de la maison; il n'y eut dans la famille rien, ni avant ni après, qui rappelât la diarrhée cholériforme.

Bertrichamps est situé à 5 kilomètres de Baccarat, mais de l'autre côté de Merviller, dont il est séparé par 10 kilomètres. Les deux épidémies n'ont d'ailleurs aucune relation.

Baland, âgé de 68 ans, parti de Merviller le 8, était revenu de Paris le 16. Quatre jours après son arrivée à Paris, il avait été pris de diarrhée et était revenu dans son pays. 38 habitants furent malades, 23 eurent la cholérine et guérirent, 15 pris du choléra donnèrent douze morts et 3 guérisons. Mais il est très difficile, en temps d'épidémie, de faire un diagnostic exact entre la cholérine et le choléra, qui souvent ont les mêmes symptômes, surtout quand il s'agit de choléra bénin. Nous ne pouvons que suspecter cette statistique faite à une époque où l'on ne s'occupait pas encore de l'analyse des selles, seul procédé qui permette d'établir la nature exacte de l'affection. Il n'y eut rien à Baccarat ni dans les environs.

Epidémie de 1892

Son origine est aussi mal connue que celle de la précédente; dans plusieurs circonstances, elle parut se développer sur place; elle parcourut toute l'Europe, la Lorraine ne fut pas épargnée, mais peu gravement atteinte.

La maladie revêtit un caractère mixte, tenant à la fois du choléra indien et du choléra nostras; c'est ainsi que Dieulafoy, analysant quatre cas, en trouve :

2 avec des bacilles;

1 avec des vibrions seuls;

1 avec des bacilles et des vibrions.

Au Conseil d'hygiène de Nancy, Tisserant avait aussi émis l'opinion que le choléra sévissant dans la banlieue de Paris n'était pas identique à celui qui sévissait dans l'Est de l'Europe, et dont la contagiosité était si évidente, tandis que celui qui sévissait à Paris n'avait qu'une contagiosité relativement faible. Dans la relation que Pompidor fit de l'épidémie en Bretagne, il note que son origine est inconnue, pas un cas n'ayant été relevé sur les navires rentrés à Lorient; mais la mortalité y fut considérable, atteignant un tiers des malades, tandis qu'en Lorraine, où l'origine de la maladie fut tout aussi obscure, la mortalité fut extrêmement faible. Il semblerait qu'en Bretagne l'on eut affaire plutôt au choléra indien développé sur place, tandis qu'en Lorraine on n'aurait eu qu'une épidémie de choléra nostras.

D'après le rapport de Heydenreich, 60 communes au moins furent atteintes dans le département, mais 28 seulement sont citées nominativement avec 53 décès, portant surtout sur les jeunes enfants : on n'aurait donc eu affaire qu'à de simples gastro-entérites et non pas à du choléra, comme le dit l'auteur de la statistique. Outre ces communes, on a eu de nombreux cas de diarrhée cholériforme dans un grand nombre d'autres localités. A Nancy, l'un des décès se rapporte à un étranger arrivant de Paris à Champigneulles, d'où il fut transporté à l'hôpital le 7 septembre.

La commune de Houdreville, dans le canton de Vézelise, eut une véritable épidémie que l'on parvint à étouffer rapidement, car débutant le 4 octobre, il n'y eut plus aucun cas à partir du 18 du même mois.

Cette épidémie fut attribuée à l'eau d'une fontaine située au centre bas du village et recevant les infiltrations du sol. Or, au moment des grandes manœuvres, un réserviste parisien pris à Houdreville de diarrhée et de vomissements, aurait été rapidement évacué sur l'hôpital militaire; mais ses selles avaient été déposées sur un fumier voisin de la fontaine; le départ de ce malade fut suivi d'une période de sécheresse qui dura quinze jours, à laquelle succéda une période de pluies; or quatre jours. après le début des pluies, le choléra se déclara. Mais l'autorité militaire, interrogée, nia qu'aucun des hommes cantonnés à Houdreville eût été atteint de diarrhée.

L'eau de source analysée à Paris fut déclarée mauvaise comme contenant beaucoup de matières organiques et du colibacille; mais comme on ne recherchait pas le vibrion cholérique, rien ne prouve qu'on n'a pas été en présence de plusieurs cas de choléra indien.

ARRONDISSEMENT DE LUNÉVILLE

Il n'y eut qu'un seul décès à Saint-Clément, le 24 août.

ARRONDISSEMENT DE TOUL

Communes rangées d'après leur date d'invasion

Communes	Cas	Décès	Communes	Cas	Décès
Manonville	2	1	Saulxures-les-Vannes.	75	3
Colombey	270	3	Selaincourt	122	5
Allain-aux-Bœufs	125	2			

5 communes furent atteintes avec 14 décès.

La circonscription de Colombey fut surtout frappée. On remarquera la faiblesse de la mortalité : 14 décès sur 594 malades, dont 9 décès d'enfants et 5 d'adultes; c'est ce qui prouve formellement que le choléra indien n'était pas en jeu.

ARRONDISSEMENT DE BRIEY

Communes rangées d'après leur date d'invasion

Communes	Cas	Décès	Communes	Cas	Décès
Bazailles	6	4	Mont-Saint-Martin	»	12
Anderny	12	»	Sancy	1	»
Audun-le-Roman	11	»	Serrouville	18	2
Chambley	»	1	Norroy-le-Sec	Nombreux cas.	
Mercy-le-Haut	1	»			

Le plus grand nombre des décès appartient à de jeunes enfants et serait dû à des gastro-entérites.

CHAPITRE II

Prophylaxie

I. *Foyers actuels du choléra en Europe.* — Dans ces dernières années, le choléra sévit avec plus ou moins de violence en divers points d'Europe. Il ne se passe pas d'année sans qu'une épidémie se déclare en Russie sur une partie de son territoire, faisant chaque fois de nombreuses victimes. Depuis le mois de septembre 1904, où il apparut à l'embouchure du Volga, il ne quitta plus le pays, y devint endémique, sévissant avec une intensité variable suivant les années, diminuant pendant l'hiver, augmentant au printemps et en été, contaminant les pays voisins ou insuffisamment protégés qui devinrent alors la cause possible d'infection pour la France. Depuis ce moment, l'épée de Damoclès est restée suspendue au-dessus de nos têtes ; presque chaque année au printemps, il faut prendre les précautions nécessaires pour nous opposer à l'envahissement.

En 1905, nous fûmes menacés par l'Allemagne qui, atteinte jusque dans ses provinces du centre, parvint à juguler le fléau.

Puis, dans les années suivantes, le choléra continua sa marche meurtrière à travers la Russie. En 1910, 216.000 personnes furent frappées, il y eut 101.000 décès.

L'Autriche-Hongrie, la Turquie, paient aussi un lourd tribut au choléra, témoin la dernière épidémie sévissant à Constantinople et faisant de nombreuses victimes dans l'armée turque déjà affaiblie par les privations de la guerre balkanique, sans toutefois ménager ses adversaires. Enfin en Italie, où le choléra est passé à l'état endémique, de nouvelles provinces sont envahies chaque année.

Notre pays est donc très exposé à être touché par le fléau, mais si le choléra est un mal redoutable, il est heureusement un de ceux contre lesquels il est le plus aisé de se prémunir. Grâce aux réglementations sanitaires de la convention de Venise (établissement de cordons sanitaires, lazarets, mesures de quarantaine), jointes aux mesures de prophylaxie générales et locales, nous pouvons être plus confiants en l'avenir et redouter de moins en moins l'arrivée sur notre sol de la terrible maladie.

Le gouvernement de la République française et le gouvernement impérial allemand ont convenu de réglementer l'échange immédiat des informations entre les autorités compétentes de la frontière des deux Etats en cas d'apparition de maladies contagieuses. Parmi ces maladies contagieuses rangées en deux séries, le choléra asiatique figure dans la section II. En ce qui concerne cette section, l'avis sera donné dès l'apparition des premiers cas, tandis que pour les maladies rangées dans l'autre série, plusieurs cas seront nécessaires pour que l'avis soit transmis aussitôt.

L'échange des informations sera fait entre les préfets de Meurthe-et-Moselle, des Vosges, de la Haute-Saône, l'administrateur du territoire de Belfort et les présidents des arrondissements de Colmar, de Strasbourg et de Metz. Cette disposition, mise en vigueur depuis le 15 décembre 1911, a seulement pour but d'attirer d'une façon confidentielle l'attention des autorités compétentes des deux Etats sur les parties de leurs circonscriptions exposées à l'infection et d'y provoquer la surveillance appropriée au point de vue sanitaire.

Par sa situation géographique et ses relations avec les pays infectés, la Lorraine doit plus que toute autre province veiller à la défense de son territoire. Ces conditions doivent dicter la conduite à tenir en cas d'épidémie.

Mesures prophylactiques contre le Choléra en Lorraine

Les mesures prophylactiques peuvent se ranger en trois classes :

1° *Les mesures générales* qui visent surtout à empêcher l'importation du germe cholérique sur notre sol, tant par les frontières maritimes que par les frontières terrestres.

2° *Les mesures locales* qui ont pour but, si malgré toutes les précautions prises, une étincelle venait à tomber sur notre sol, d'empêcher l'épidémie de s'étendre, de l'encercler dans des limites aussi restreintes que possible, de l'étouffer aussitôt.

3° *Les mesures de défense individuelle.*

I. — Mesures Générales

Le choléra, maladie excessivement contagieuse, peut se transmettre par l'intermédiaire :

1° Des marchandises ;

2° Des effets et des bagages ;

3° De l'eau potable ;

4° Des malades atteints de choléra ;

5° Des individus sains (porteurs de germes).

Comment ces marchandises venant de pays infectés, ces cholériques ou ces porteurs sains de germes peuvent-ils arriver jusqu'à nous ? Trois grandes voies leur permettent cet accès.

a) Routes ;

b) Navigation intérieure ;

c) Chemins de fer.

A) TRANSPORT PAR ROUTES. — En dehors des automobilistes, les voyageurs pénétrant en France par les routes viennent en général des localités voisines de la frontière, qu'ils arrivent en tramway, en voiture, ou à pied. Les chemineaux transportant avec eux leur misérable bagage sont ceux qui viennent de plus loin et sont les plus dangereux. Comment exercer une surveillance sur ces

vagabonds ? Il faudrait donner cette mission aux agents
des douanes, aux gendarmes, aux gardes champêtres, qui
pourraient au besoin conduire au poste sanitaire ou, à
défaut, au maire de la commune, pour être examinés par
un médecin, ceux dont l'état de santé paraîtrait suspect.
Mais combien serait difficile une telle surveillance, et
quel résultat donnerait-elle ? Quant aux automobilistes,
s'ils sont obligés de s'arrêter à la frontière pour les
formalités de la douane, il n'existe pas, que je sache,
de règlement permettant aux douaniers de s'occuper de
l'état de santé de ces voyageurs. Quant à connaître leur
provenance, c'est une chose bien difficile qu'il serait du
reste aisé de dissimuler. Un poste sanitaire de deuxième
ordre a néanmoins été installé à Jœuf, point principal
de pénétration par route de nombreux étrangers venant
travailler dans le bassin minier de Briey.

B) Transport par la navigation intérieure. — La dissémination des germes peut se faire : 1° par les individus;
2° par l'eau.

La batellerie est un mode actif de propagation du
choléra, comme on l'a vu en 1905 en Allemagne, où la
maladie fut importée par des trains de bois venant des
provinces russes.

Si l'on étudie l'ensemble de la navigation intérieure de
l'Allemagne, on s'aperçoit de suite qu'il se compose de
deux systèmes bien distincts.

Le premier système comprend toutes les voies navigables depuis la Vistule jusqu'à l'Elbe, mais il est complètement séparé du reste des voies navigables allemandes.

Le deuxième système est relié à la navigation fluviale
française et belge; il comprend le Weser, le Rhin, la

Meuse, la Moselle et se rattache au Danube par le Mein et le canal du Mein au Danube.

Pour que l'épidémie pénètre en France, il faudrait tout d'abord que ce second système soit infecté et que le choléra y ait été transporté.

Il faut donc à peu près écarter la crainte de voir le choléra pénétrer en Lorraine par la voie des canaux; néanmoins, on ne peut rejeter délibérément cette éventualité et négliger de l'envisager dans le plan de défense.

Il est absolument nécessaire que des postes de surveillance soient établis et prêts à fonctionner en chacun des points de pénétration sur notre territoire des voies navigables arrivant d'Allemagne ou reliées à celles-ci, c'est-à-dire tout aussi bien à la frontière belge qu'à la frontière allemande. Les deux points de pénétration en Lorraine des voies navigables sont : Arnaville (canal latéral de la Moselle); Xures (canal de la Marne au Rhin).

D'après le décret du 8 septembre 1909 : tout bateau rentrant en France par rivière ou canal et venant ou soupçonné venir d'une région contaminée de choléra sera soumis à une première visite dans l'un de ces postes.

Sauf exception motivée par des circonstances locales, cette première visite de surveillance sanitaire sera faite par les agents des douanes; ce sont eux qui demanderont au patron le certificat de jaugeage du bateau et, avant qu'il reprenne sa route, y apposeront un signe spécial qui permettra aux agents chargés des visites ultérieures de discerner les bateaux qui ont passé la frontière et à l'égard desquels ils doivent se faire présenter le certificat sanitaire; de plus, ils dresseront l'état du personnel vivant à bord, en spécifiant l'âge et le sexe de chaque personne.

Au cas où cette première visite serait particulièrement importante, les agents des douanes seront accompagnés par un médecin; les visites auront lieu, dans ce cas, une ou deux fois par jour, à des heures déterminées.

Si l'une des personnes à bord présente des symptômes suspects (vomissements, diarrhée), le bateau sera mis en isolement provisoire, toutes communications entre le bord et la terre étant rigoureusement interdites jusqu'à la visite d'un médecin immédiatement requis par l'agent visiteur.

Si le médecin estime qu'il y a lieu de considérer l'état d'une des dites personnes comme suspect, l'isolement sanitaire du bateau sera maintenu; le délégué départemental, prévenu par les voies les plus directes, prend, de concert avec les services intéressés et les autorités locales, toutes les mesures prévues et commandées par les circonstances.

De plus, il fera un prélèvement des déjections et prendra un échantillon d'eau du bord qu'il enverra aussitôt au laboratoire désigné par le ministre (1). Nous verrons plus loin dans quelles conditions doivent être faits ces envois.

Si aucune des personnes vivant à bord ne présente des symptômes suspects, l'agent visiteur pointera le certificat de jaugeage et remettra au patron du bateau le certificat sanitaire. Pendant les cinq jours qui suivent, qu'il continue sa route ou soit arrêté, le bateau devra être soumis, une fois au moins toutes les vingt-quatre heures, à une visite analogue.

---

(1) Pour la Lorraine, les produits cholériques à analyser devront être envoyés à M. le professeur Macé, directeur de l'Institut sérothérapique de l'Est.

Les points où auront lieu ces nouvelles visites sont :

Canal de la Marne au Rhin. — Ecluses n° 18, à Einville; n° 23, à Varangéville; pont-tournant de Champigneulles; écluses n° 30, à Liverdun; n° 26, à Toul; n° 13, à Foug.

Moselle canalisée. — Ecluse n° 5, à Belleville.

Canal de l'Est. — Ecluses n° 53, à Toul; n° 48, à Pont-Saint-Vincent; n° 43 à Flavigny; n° 39, à Roville; n° 5, à Fléville.

Dans chacune de ces écluses, abondamment munies de désinfectants, l'agent visiteur se fera présenter le certificat de jaugeage et l'état du personnel délivrés au patron de l'embarcation à sa première visite à Arnaville ou à Xures. Après s'être fait présenter chaque personne individuellement, il mentionnera sur le certificat sanitaire la date et le résultat de sa visite. Dans le cas extrême où un cholérique serait trouvé à bord d'un bateau, il sera soigné à bord; quant aux autres personnes, elles seront isolées par les soins du délégué départemental qui examinera sur place les meilleures conditions pour les tenir en observation.

Il peut arriver que, pour des raisons très diverses, peut-être sans motif, peut-être aussi pour échapper au prochain contrôle, des bateaux s'arrêtent un long temps entre deux écluses, loin des regards des agents de la navigation; le concours de la gendarmerie et des gardes champêtres pourra, dans ce cas, être utile; des instructions leur sont données dans ce sens.

Enfin, toutes les fois qu'un bateau sera maintenu en isolement, le point choisi pour cet isolement devra remplir les meilleures conditions de sûreté, sans gêner la circulation.

2° D'après le décret du 8 septembre 1909 : *l'entrée en France est interdite à tout bateau venant d'un pays infecté si cette embarcation n'est pas munie d'un récipient de dimensions suffisantes pour contenir les déjections de toutes les personnes du bord pendant deux jours entiers. Ces récipients ne pourront être vidés qu'en des points déterminés, après désinfection préalable.*

Il est absolument interdit à toute personne vivant à bord de jeter des déjections à l'eau, de laver dans le canal ou la rivière des linges souillés.

Mais le manque de surveillance rend cette décision souvent inutile; si quelques bateliers sont conscients de leurs devoirs et connaissent les conséquences funestes résultant de l'inobservation de cette réglementation, combien y en a-t-il qui, ne se sentant pas épiés, n'hésiteront pas à jeter au canal les déjections du bord ?

Lors de la visite, la provision d'eau potable du bord devra être jetée après désinfection et remplacée par de l'eau pure puisée à une fontaine du lieu.

Il nous reste à regretter que, parmi les nombreux règlements édictés pour la navigation fluviale, pourtant si importante dans notre pays, il n'en existe aucun concernant les mesures à prendre en matière d'hygiène à bord des bateaux; nous constatons que la loi sanitaire de 1902 les a simplement oubliés. Si l'on songe que la France est constamment sillonnée par des chalands de toutes sortes, à bord desquels habitent des milliers d'individus, si l'on se représente que tous ces bateaux hivernent pour la plupart en quelques points déterminés où ils s'agglomèrent en grand nombre, on se rendra facilement compte qu'il y a là une lacune à combler et qu'il importe d'établir une réglementation de l'hygiène pour la batellerie en complétant son code.

Enfin, à chaque écluse devraient être établis des cabinets d'aisance propres et convenables, mis à la disposition des mariniers et confiés à la garde de l'éclusier. Lorsqu'il sera possible, une conduite d'eau ou un puits distribueront en tout temps une eau potable exempte de soupçons.

En complétant ces diverses mesures par des instructions rédigées à la fois en français, en allemand, en flamand, et distribuées aux bateliers pour attirer leur attention sur le danger résultant de la présence des matières fécales et de l'absorption d'une eau douteuse en temps d'épidémie; en faisant afficher ces instructions aux écluses, nous serons à même de lutter contre l'invasion du choléra par la voie fluviale.

C) TRANSPORT PAR LA VOIE FERRÉE. — Les points de pénétration des grandes lignes mettant la Lorraine en communication avec les pays infectés sont :

Ecouviez (Meuse), où arrivent les voyageurs de Bruxelles, du Luxembourg.

Longwy (Meurthe-et-Moselle), où arrivent les voyageurs du Luxembourg et de Belgique.

Audun-le-Roman, où arrivent les voyageurs de Thionville, du Luxembourg et de Metz.

Batilly où arrivent les voyageurs de Metz.

Pagny-sur-Moselle, où arrivent les voyageurs de Metz.

Moncel-sur-Seille, où arrivent les voyageurs venant d'Allemagne par Vic, Château-Salins, Bénestroff, Sarreguemines, Sarrebourg.

Igney-Avricourt, où arrive l'Express-Orient par Strasbourg, Bade, Carlsruhe, Heidelberg, Stuttgart, Munich, Vienne, Constantinople.

Quatre autres trains comprennent des voitures directes venant de Munich, de Baden-Baden, d'Heidelberg.

Des postes sanitaires devront être établis dans l'un ou l'autre de ces points, suivant le pays contaminé.

Dans le cas de la Turquie, ce sera Igney-Avricourt.

Dans le cas de la Russie : Igney-Avricourt, Pagny-sur-Moselle, et accessoirement Longwy.

Suivant leur importance, ces postes seront rangés en trois classes :

Postes de 1ᵉʳ ordre : Pagny, Avricourt.

Ils comprendront : deux médecins militaires, trois infirmiers, une infirmière, un commissaire spécial, des interprètes et un poste de désinfection.

Postes de 2ᵉ ordre : Longwy.

Il comprendra : un médecin civil, une infirmière et un commissaire spécial. Un matériel de désinfection, composé de bacs de trempage et de pulvérisateurs, sera mis à la disposition de ce poste.

Postes de 3ᵉ ordre : Ecouviez, Audun-le-Roman, Batilly, Moncel-sur-Seille.

La surveillance de ces postes devra porter sur : les marchandises; les denrées alimentaires; les voyageurs.

Marchandises. — D'après le décret du 27 août 1909, est prohibée l'entrée en France par la frontière de terre en provenance des régions contaminées :

a) *Du linge sale, des hardes, des vêtements ou literie souillés en dehors des cas où ils seraient transportés comme bagages;*

b) *Des chiffons et drilles, à l'exception des chiffons comprimés qui sont transportés comme marchandises en gros par ballots cerclés.*

Denrées alimentaires. — Est prohibée dans les mêmes conditions : *l'entrée des fruits et des légumes* poussant au niveau du sol.

En temps d'épidémie, une surveillance toute particulière devra être exercée sur les huîtres et les poissons de mer. Le délégué départemental devra rechercher la provenance exacte de ces colis et interdire leur arrivage quand ils viendront de points contaminés. Manipulés par des personnes sinon atteintes de choléra, mais au moins par des porteurs sains de germes, ces produits peuvent devenir un grand danger de propagation de la maladie. Pendant l'épidémie de Rotterdam, des mesures furent prises en ce sens pour empêcher l'arrivée de ces produits sur nos marchés.

Voyageurs. — Ces voyageurs peuvent se ranger en deux classes :

1° *Les émigrants* : Orientaux, Européens.

Les Orientaux, dangereux d'une façon permanente, ne nous intéressent que fort peu. A part quelques-uns, ils sont principalement composés de Turcs, de Grecs, arrivant par Marseille pour se diriger sur le Havre.

6

Les Européens comprennent des Suisses, des Allemands, des Autrichiens, des Polonais, des Roumains, des Italiens, des Espagnols, des Russes.

2° Les autres voyageurs vont s'établir en France pour y séjourner un certain temps. Ils se composent :

a) De voyageurs riches allant le plus souvent à Paris et en province pour leur plaisir;

b) D'individus de la classe moyenne, ayant un métier qu'ils viennent exercer en France.

Ces deux catégories de voyageurs s'arrêtent rarement en Lorraine et ne sauraient constituer un grand danger pour notre province;

c) Notre contrée est surtout menacée par les étudiants, la plupart d'origine russe, bulgare, arménienne, qui viennent en grand nombre se fixer à Nancy pour y suivre les cours de l'Université. Venant de pays contaminés, ces jeunes gens peuvent, comme porteurs de germes, devenir un réel danger pour notre pays;

d) Par les ouvriers polonais, arrivant chaque année par troupe offrir leurs services aux exploitations agricoles. Originaires de Russie, ils sont recrutés en Galicie (Autriche), par les soins du Gouvernement de ce pays qui, sous nos auspices, a organisé à Nancy un office central de placement. Si les soins les plus minutieux sont apportés par le Gouvernement de Galicie dans le choix de ces ouvriers, ils n'en sont pas moins très dangereux par cela même qu'ils viennent de provinces souvent atteintes par le fléau. Ils pénètrent tous en France par Avricourt. En Belgique, il se fait également chaque année, à certaines dates, un exode considérable de travailleurs des champs, mais qui se rendent dans le Nord et l'Est de la France, surtout pour les moissons, la culture de la betterave et les vendanges en Champagne; ils ne nous intéresseraient qu'au cas où le choléra sévirait en Belgique, car ils pourraient alors pénétrer en France par Longwy;

e) Enfin, l'arrivée d'ouvriers italiens, chaque jour plus importante, qui viennent s'établir dans le bassin de Briey pour le travail des mines, constitue un danger de la plus grande importance. Il y a le long de la frontière, sur les rives de l'Orne, des villages entiers où on ne parle qu'italien, où les enseignes des magasins, depuis le pharmacien jusqu'à l'épicier sont en longue italienne. Il y a aussi des communes qui, comme Auboué, donnent l'impression de je ne sais quelle tour de Babel fantastique, car à l'ombre des puits gigantesques, on trouve des ouvriers suédois, roumains, croates, turcs et même kabyles ! Rien ne serait plus difficile à vaincre qu'une épidémie éclatant dans cette contrée, sur des individus d'ailleurs peu disposés à se soumettre aux règlements sanitaires. Entassés dans des cités ouvrières ou dans d'immondes cantines, vivant dans une malpropreté excessive, ces gens devront être l'objet d'une surveillance toute particulière à Modane, point d'entrée sur notre territoire de leurs lignes de chemin de fer.

Dans les gares ci-dessus désignées et d'après le décret du 27 août 1909, toute personne venant d'une région contaminée de choléra et qui présente à la frontière française des symptômes suspects de cette maladie (vomissements, diarrhée), est retenue à la gare frontière par le commis-

saire spécial et placée dans un local isolé jusqu'à l'arrivée
d'un médecin immédiatement requis.

Si le médecin estime que ladite personne n'est pas
atteinte de choléra, elle est admise à continuer sa route.
Dans le cas contraire, le commissaire spécial, de concert
avec l'autorité municipale, assure sans délai le transport
du malade dans un local, requis au besoin à cet effet, où,
de l'avis du médecin, l'isolement peut être réalisé dans les
conditions les plus confortables pour le malade et les plus
efficaces au point de vue prophylactique.

Le préfet, avisé télégraphiquement, envoie sur place, par
les moyens les plus rapides, le délégué départemental qui,
dès son arrivée, prendra en mains l'exécution de toutes
les mesures nécessaires à l'isolement et à la prophylaxie.

Chaque gare frontière dont nous venons de parler doit
comprendre :

    1 local de visite;
    1 local d'isolement provisoire qui, en cas d'épidémie,
        comprendra deux lits.

Le local de visite sera soit une chambre de la gare, uni-
quement destinée à ce service; soit une baraque de bois
formée d'un ancien wagon à cloisons vitrées.

La question des locaux d'isolement en cas d'épidémie a
été résolue de la façon la plus satisfaisante pour la mise
à la disposition de l'autorité civile des baraques démonta-
bles système Dœcker appartenant à l'armée. Un des grands
avantages du concours prêté par le Ministère de la Guerre
est précisément que l'on peut se procurer progressivement
et rapidement le matériel nécessaire, de même que l'on
peut augmenter successivement le personnel.

Se basant sur les dispositions prescrites par le précédent décret, des instructions précises devront être envoyées à tous les chefs de gare des postes désignés en cas de la réception éventuelle d'un malade suspect ou atteint de choléra.

D'après ces instructions, chaque chef de gare devra veiller à ce que le local d'isolement soit :

1° Tenu en parfait état de propreté ;

2° Réservé pour l'usage spécial auquel il est destiné ;

3° Muni des objets et désinfectants qui lui seront adressés par le service départemental de désinfection.

Lorsqu'un voyageur sera signalé au chef de gare comme étant suspect ou atteint de choléra, il devra :

1° Faire diriger le malade sur le local d'isolement ;

2° Interdire l'accès de ce local à toute personne dont la présence ne sera pas indispensable ;

3° Prévenir télégraphiquement la mairie, la préfecture et la sous-préfecture ;

4° Réquisitionner immédiatement un médecin dont le rôle consistera à confirmer ou infirmer le diagnostic de choléra ;

5° Se conformer aux instructions spéciales qui pourront lui être données directement par le délégué départemental ;

6° Faire isoler sur une voie de garage le wagon contaminé et ne le remettre en circulation que lorsqu'il aura été désinfecté par les soins du service départemental de désinfection ;

7° Veiller à ce que tous les agents ayant pu être en contact avec le malade se lavent la figure et les mains avec du savon et la solution antiseptique mise à leur disposition.

D'après le même décret, des instructions seront également transmises aux chefs de trains :

1° *Tout conducteur chef de train auquel sera signalé, soit par un des agents du train, soit par les voyageurs eux-mêmes, un voyageur présentant des symptômes de choléra, est tenu de faire évacuer le compartiment par tous les autres voyageurs;*

2° *Il assurera l'isolement du malade jusqu'à son arrivée dans une gare où réside un commissaire spécial;*

3° *S'il lui est possible, il fera aviser télégraphiquement en cours de route la gare sur laquelle se dirige le train qu'il conduit, de l'arrivée d'un malade atteint ou suspect de choléra.*

Les prescriptions *6-7* des instructions adressées aux chefs de gare leur seront également envoyées.

En dehors de ces ordonnances, des instructions spéciales devront être prises à l'égard des water-closets placés dans les gares et ceux qui se trouvent dans les wagons; les caisses à eau des wagons-restaurants devront être vidées et désinfectées ou mieux additionnées d'acide citrique pour détruire le bacille virgule.

II. — Défense locale

Nous venons d'examiner les mesures d'ordre général qui, finalement, se bornent à bien peu de choses, à arrêter à l'occasion les malades ou suspects à la frontière.

Il ne faut pas se dissimuler que cette garantie est absolument insuffisante. Depuis, en effet, que le choléra est en Europe, pas une fois un voyageur n'a été reconnu ou même n'a paru atteint, et, à ce titre, arrêté dans un poste d'isolement. Toujours le fléau s'est transmis d'un pays à un autre par des moyens plus subtils; il est établi que les personnes ayant toutes les apparences de la bonne santé peuvent pendant quelque temps, et sans que jamais elles paraissent malades, porter en elles les germes du mal, ce sont les porteurs sains de germes; quelques-uns de ces germes expulsés avec les matières fécales peuvent contaminer les personnes moins résistantes; ils peuvent surtout contaminer l'eau d'alimentation et constituer un danger grave.

Il n'existe aucune mesure pratique permettant à la frontière ou en cours de route de discerner, parmi des centaines de voyageurs sains, celui ou ceux qui sont porteurs de germes. Ainsi le mal peut pénétrer et pénètre en dépit de toutes précautions. Un pays ne se défend pas du choléra en élevant à sa frontière de hautes et coûteuses barrières; les mesures qui peuvent y être prises, ainsi qu'en cours de route, seraient-elles multipliées sans aucun égard pour les exigences de la vie économique internationale, ne sauraient empêcher une étincelle de tomber sur notre sol : ce sont les moyens de défense locaux qui peuvent seuls permettre d'éteindre cette étincelle avant qu'elle ait déterminé un véritable foyer d'incendie. La défense locale au point de vue préventif et prophylactique passe au premier rang; c'est elle qui doit concentrer l'action solidaire des communes, des départements et de l'Etat.

Si, comme nous l'avons dit, le choléra est un fléau redoutable, pouvant produire de terribles ravages quand il surprend une nation non préparée pour sa défense sanitaire, il est heureusement aussi un de ceux contre lesquels il est le plus aisé de se prémunir avec succès par des moyens bien et promptement employés que les autorités responsables seraient criminelles, connaissant le danger, de ne pas appliquer.

C'est grâce à la vigilance de l'administration que nous n'avons pas eu à souffrir de la grave épidémie qui a sévi pendant plusieurs années en Russie, et que nous n'avons pas eu à enregistrer un cas pendant l'année 1905, alors que le fléau exerçait ses ravages de l'autre côté de la frontière. Les mesures de défense locale ont été réglées par un décret du 1er août 1910.

L'article 7 est ainsi conçu : « *Tout cas de maladie soupçonnée d'être le choléra doit être déclaré au plus tard dans les vingt-quatre heures à la mairie, soit par le médecin, soit par le chef de famille, par les personnes qui soignent le malade ou par celles qui le logent. Cette déclaration est obligatoire, non seulement pour tout cas scientifiquement établi, mais pour tout cas de maladie soupçonné d'être le choléra.* »

En se mobilisant pour les cas simplement suspects, les autorités sanitaires peuvent se déranger, il est vrai, plus d'une fois inutilement pour ne constater en fin de compte qu'une indisposition estivale, heureusement banale; c'est là un inconvénient auquel nous ne pouvons échapper; mais à cette condition seule, nous pourrons saisir la première apparition du mal et l'étouffer dans l'œuf.

Si, en effet, une négligence est commise au début, si le premier cas n'est pas reconnu, ce qui est absolument essentiel, si autour de lui les mesures de prophylaxie ne sont pas prises énergiquement et sur l'heure, si les eaux suspectes continuent à servir à l'alimentation, si les personnes dans l'entourage du malade peuvent par les germes qu'elles sont susceptibles d'avoir en elles, disséminer le mal dans toute la localité; si on commence à ne se préoccuper de la situation que le jour où, après avoir observé plusieurs cas de diarrhées suspectes, on voit se produire quelques décès, alors il est trop tard : l'épidémie a éclaté, la lutte devient beaucoup plus difficile.

L'obligation de la déclaration a lieu quelle que soit la personne attaquée, celle-ci n'eût-elle pas quitté la commune; mais l'attention devra surtout porter sur les moindres dérangements intestinaux des sujets au service ou de l'entourage des voyageurs arrivant de pays contaminés, ou des personnes ayant été en contact avec ces voyageurs.

Les sanctions pénales applicables aux infractions du présent décret consistent en une amende de 50 à 500 francs, et en un emprisonnement de 15 jours à 3 mois. La sévérité de ces sanctions est justifiée par l'intérêt national qui est en jeu. La négligence d'un médecin, d'un chef de famille, d'un logeur, peut avoir des conséquences redoutables pour la collectivité.

L'article 8 stipule la marche à suivre par le maire :

1° *Informer par la voie la plus directe le délégué départemental;*

2° *En attendant celui-ci, prendre de concert avec le médecin traitant les premières mesures provisoires, c'est-à-dire assurer d'une façon stricte et rigoureuse, sans exception aucune, l'isolement non seulement du malade, mais de toutes les personnes ayant été en contact avec lui (parents, amis, domestiques), et quel qu'en soit le nombre.*

Le Maire, avec le concours de toutes les personnes en situation d'exercer une influence utile sur une partie de la population, doit se multiplier pour assurer l'exécution de ces mesures. Le délégué départemental, arrivé sur place par les moyens les plus rapides, précise et complète au besoin ces mesures, qui doivent être maintenues jusqu'à ce que le résultat de l'analyse bactériologique soit connu, laquelle devra porter non seulement sur les déjections du malade, mais aussi sur les eaux d'alimentation.

Cet isolement provisoire, sous le contrôle de la municipalité, devra être rigoureux; seuls le médecin, les autorités sanitaires et, s'il y a maladie grave, le ministre des cultes, pourront pénétrer dans la maison surveillée par un planton à la porte.

Pendant cette surveillance, l'eau d'alimentation dont se servaient les habitants de la maison et ceux du voisinage doit être considérée comme suspecte, le puits et les puits voisins strictement interdits à titre provisoire. Dans tout le quartier, l'usage de l'eau bouillie sera instamment recommandé.

Une expérience déjà ancienne a établi, ainsi que le constatait le docteur Brouardel, lors de la dernière épidémie qui parcourut la France en 1892-93, que les villes et les contrées assainies, pourvues d'une bonne eau potable, sont presque à l'abri du choléra. Contrôler, surveiller et, s'il y a lieu, améliorer l'alimentation en eau potable, c'est réaliser une des mesures préventives les plus efficaces : elle est particulièrement indispensable dans les grandes agglomérations où une surveillance permanente doit être exercée sur les eaux potables et spécialement sur les puits et les citernes.

L'article 6 ordonne la surveillance des garnis et asiles de nuit des grands centres.

Toute personne qui loge un ou plusieurs voyageurs ve-
nant directement des pays contaminés ou ayant quitté
ceux-ci depuis moins de huit jours, est tenue d'en faire la
déclaration dans les vingt-quatre heures.

Par ce moyen, les autorités avisées exercent sur ces
voyageurs une surveillance nécessaire. Mais il peut arriver qu'un étudiant étranger descende chez un de ses amis,
qu'un ouvrier habite, provisoirement au moins, chez un
compatriote.

Pour parer à cela, les doyens des Facultés peuvent
obtenir des étudiants, au moment de leurs inscriptions,
les renseignements nécessaires sur leurs origines, leur
séjour, le lieu de leur départ, celui de leur habitation provisoire.

De plus, les commissaires spéciaux des gares frontières
(règlement du 6 décembre 1912) doivent faire connaître
télégraphiquement au préfet le nom et l'adresse des voyageurs reconnus par eux comme provenant des régions suspectes et se rendant dans une localité du département. Le
préfet communique d'urgence cet avis au maire de la localité et au délégué départemental. Le maire est ainsi à
même de faire surveiller le nouvel arrivant, qu'il habite
chez un logeur ou en tout autre lieu.

DÉLÉGUÉS DÉPARTEMENTAUX. — Pour donner aux diverses prescriptions ainsi édictées l'autorité de direction et
de contrôle indispensable, pour permettre de les réaliser
avec l'unité de vues, la rapidité et la compétence qui sont
condition absolue de leur efficacité, pour assurer le concert complet et immédiat des services départementaux et
municipaux appelés à intervenir, les articles 9 et 10 du

décret du 27 août 1909 instituent dans chaque département un délégué spécial désigné par le préfet et agréé par
le Ministre. Ce délégué sera naturellement l'inspecteur
départemental dans les départements où il existe déjà un
fonctionnaire médecin investi des fonctions générales d'ins-
pection et de contrôle; pour les autres, la mission revien-
dra à la personnalité qui, par sa situation et par le concours qu'elle est dès maintenant appelée à donner aux services de la santé publique, paraîtra la mieux qualifiée,
notamment les médecins des épidémies, les membres des
Conseils d'hygiène départementaux, les délégués chargés
du contrôle des services de désinfection.

Le rôle du délégué consistera expressément, d'accord
avec la préfecture et sous l'autorité du préfet, à rensei-
gner aussi exactement que possible les municipalités sur
les obligations qui leur incombent pour connaître dès son
apparition toute manifestation cholérique qui viendrait à
se produire; à tenir ces municipalités en haleine pour
provoquer de leur part une information transmise par
la voie la plus rapide, téléphonique ou télégraphique;
à se rendre dès le premier avis auprès d'elles, à
assurer personnellement les mesures prophylactiques re-
quises par la situation. Appelé par le maire, le délégué
départemental doit arriver sur place par les voies les plus
rapides (chemin de fer, automobile). Il consulte avec le
médecin traitant.

S'il y a certitude que l'on ne se trouve pas en présence
du choléra, les mesures sont levées.

S'il y a doute, le délégué fait, à fin d'analyse bactériologique, un prélèvement de matières fécales et un prélèvement de l'eau d'alimentation. Il recherche si l'isolement

de toutes les personnes atteintes ou suspectes est assuré ;
en vertu des pouvoirs qui lui sont conférés, il précise, complète et fortifie s'il y a lieu toutes les mesures de prophylaxie ordonnées par le maire.

Si le diagnostic clinique lui fait concevoir une possibi-
lité sérieuse de se trouver en face de choléra, il opère dès
ce moment, en vue d'analyse, des prélèvements de matières
fécales des diverses personnes mises en surveillance. A
l'égard de ces personnes, en effet, l'isolement ne cessera
qu'après que l'analyse bactériologique aura établi que le
malade suspect n'était pas atteint de choléra asiatique,
ou, si le choléra est malheureusement avéré, en ce qui
concerne le premier malade, qu'après que ladite analyse
de leurs prélèvements personnels aura établi qu'elles ne
sont point « porteurs de germes ».

Ces prélèvements devront être envoyés à M. le professeur Macé pour les départements de Meurthe-et-Moselle,
Vosges, Ardennes, Haute-Saône, Haute-Marne et une partie de la **Marne.**

Lorsqu'il s'agit d'envois à grande distance, il est nécessaire de prendre des précautions rigoureuses pour éviter
toute chance de dissémination à la suite de bris ou d'ou-
verture. Les instructions du Ministère de l'Intérieur du
2 février 1912 prescrivent les dispositions suivantes :

1° *Les matières ou liquides prélevés devront être ren-
fermés dans un flacon de verre épais, fortement bouché
et cacheté à la cire;*

2° *Le flacon sera inséré dans une boîte en métal solide,
après avoir été entouré d'une couche d'ouate suffisam-
ment épaisse;*

3° *Chaque envoi devra porter d'une manière très appa-*
rente, du côté de l'adresse, la mention : « Matières desti-
nées à l'examen bactériologique ».

En principe, les dangers possibles de contamination
pendant ces transports par voie postale sont tels qu'il
est à recommander de recourir plutôt à l'envoi de ces
produits par les voies les plus rapides : chemin de fer,
automobile, courrier spécial.

Si l'on se trouve en présence d'un cas de choléra
nettement établi par l'analyse bactériologique, le délégué départemental doit faire une enquête approfondie
dans la commune, dans le quartier, pour discerner si d'autres cas suspects n'existent pas, pour rechercher si quelque personne n'a pas été omise dans la surveillance, pour
examiner si des légumes ou fruits venant de la maison du
malade n'ont pu être livrés au dehors.

A l'égard des personnes reconnues comme « porteurs
de germes », l'isolement ne prendra fin qu'après que deux
analyses bactériologiques successives, faites à 48 heures
au moins d'intervalle, auront établi qu'elles n'ont plus
en elles de germes nocifs. Cette précaution est particulièrement nécessaire à l'égard des personnes convalescentes
de choléra et dont pendant un certain temps après leur
guérison proprement dite, les matières fécales restent
riches en bacilles cholériques; lever pour elles les mesures d'isolement constituerait une très lourde faute.

Le délégué départemental terminera sa mission sanitaire en faisant procéder à une désinfection sérieuse des
fosses d'aisance. Les selles, les vomissements, les cra-
chats seront désinfectés à l'aide d'une solution de crésylol sodique à 10 %. On ajoutera dans le vase partie égale

de solution en laissant vingt-quatre heures au moins en contact. Pour les linges, les vêtements souillés, les plonger dans la solution de crésylol à laquelle on ajoutera deux fois son volume d'eau ordinaire; le contact sera maintenu vingt-quatre heures.

Une fois ces dispositions prises, le délégué rendra compte au Ministre :

1° *Des dispositions prises pour la déclaration et l'information immédiate des cas constatés, certains ou suspects;*

2° *Des mesures éventuelles que pourrait comporter l'isolement des malades, la désinfection des locaux ou objets contaminés, la protection des puits, lavoirs, cours d'eau; l'interdiction d'épandage des matières fécales et, en général, l'hygiène tant de l'habitation et de la localité;*

3° *De tout cas ou incident qui viendrait à se produire dans le sens des dispositions, ainsi que des mesures dont il aurait fait l'objet.*

Ainsi établi, le rôle des délégués départementaux en temps d'épidémie sera d'une utilité capitale. Ils rendront au pays le double service de lui donner confiance dans une lutte rationnellement conduite et de l'initier par cette expérience à la généralisation d'une prophylaxie dont il entrevoit à peine la portée humanitaire et sociale.

III. — Défense individuelle

Il nous reste quelques mots à dire de la défense individuelle au cas où, contrairement à notre espoir, une épidémie viendrait à éclater.

Le bacille virgule contenu dans le tube intestinal est rejeté au dehors par les selles et les vomissements. Pour que la contamination ait lieu, il faut que ce bacille soit ingéré avec les boissons ou avec les aliments. Il est facile de comprendre le passage du vibrion cholérique dans l'eau qui joue un rôle considérable dans la dissémination du choléra. En cas d'épidémie, il ne faut boire que de l'eau bouillie ou de l'eau minérale; les ustensiles de cuisine, la vaisselle, les verres ne devront également être lavés qu'à l'eau bouillie.

De cette souillure de l'eau résulte l'infection des fruits et des légumes qui croissent au niveau du sol et dont il faudra rigoureusement s'abstenir à l'état cru.

Mais il est beaucoup plus difficile de définir les voies qu'empruntent les vibrions pour passer des déjections sur les aliments.

Les mouches jouent certainement un rôle indéniable et facile à comprendre; il faudra donc s'en garer le mieux possible, mettre tous les aliments à l'abri de leur contact dans des garde-manger. Mais dans un grand nombre de cas, l'intervention des insectes est tout à fait secondaire, l'homme paraît agir seul.

De nombreuses observations démontrent que le contact des mains contaminées soit par un cholérique avéré, soit par un porteur de germes, peut infecter les aliments et donner le choléra qu'on a surnommé la « *maladie des mains sales* ».

L'origine première de cette contamination ne peut être attribuée qu'à ce fait, que lorsqu'un individu va à la selle, la main se charge de bacilles qu'elle dissémine ensuite au hasard des contacts.

Les mains sont donc un agent très actif de transmission, auxquelles en temps d'épidémie nous devrons tous nos soins, que nous devrons nettoyer non pas par un simple savonnage, mais désinfecter avec un antiseptique tel que le crésylol sodique et cela chaque fois que l'on a été à la selle, car en temps d'épidémie nul ne sait s'il est ou non. porteur de germes, et chaque fois que l'on se met à table.

Pour le même motif, tous les aliments devront être cuits et mangés chauds; nous ignorons en effet si notre cuisinier n'est pas porteur de germes, si ses mains qui ont préparé notre repas ne sont pas chargées de bacilles qui auront été répandus sur nos mets. Tous les aliments froids, charcuterie, viandes froides, etc., sont donc à éviter. Il en sera de même pour les pâtisseries, les entremets sucrés pour lesquels nous devrons craindre non seulement le contact des mains, mais encore celui des mouches.

Les fruits tels que pommes, poires, melons, seront à rejeter. Nous les pelons, il est vrai, mais qui peut nous assurer que cette pelure n'était pas couverte de microbes que nous allons ensuite reporter sur la chair du fruit. Enfin le pain qui, avant de nous arriver, passe souvent par des mains douteuses, devra être grillé extérieurement. En prenant rigoureusement toutes ces précautions un peu minutieuses, il est fort probable, sinon certain, que nous arriverons à éviter la maladie.

Conclusions

La Lorraine a été fort maltraitée par le choléra pendant les années 1832, 1849, 1854-55.

En 1865-66, il n'y eut qu'un petit nombre de cas.

L'épidémie de 1873 fut relativement bénigne ; en outre, dans les statistiques données, où il est fait mention de choléra, il s'agit le plus souvent de gastro-entérite infantile (choléra infantile).

En 1892, où il y eut beaucoup de décès parmi les jeunes enfants atteints de gastro-entérite, quelques cas parurent devoir être envisagés comme du véritable choléra, tels ceux d'Houdreville.

Sans doute, dans la région, on n'a probablement plus à craindre aujourd'hui ces épidémies pénibles qui ont autrefois dévasté le pays, mais il ne faut pas pour cela négliger de prendre les mesures préventives nécessaires pour empêcher l'apport du fléau ; on doit être prêt à parer toute nouvelle attaque du choléra en combinant un plan de défense qui permettrait d'arrêter la diffusion de la maladie si elle venait à se manifester. La conduite, en cas d'épidémie, sera dictée par les conditions spéciales dans lesquelles se trouve la Lorraine. Peut-être plus que toute autre province, elle est exposée à un nouvel envahissement par le choléra, en effet :

Comme région frontière, elle est le point de pénétration en France des grandes lignes de chemins de fer venant des pays souvent infectés. L'apport des germes peut donc se faire par ces voies de communication qui sont :

L'Express-Orient venant de Constantinople ;

Les trains venant de la Belgique, du Luxembourg, de l'Allemagne. Ils amènent sur notre territoire des Russes, des Orientaux, des Autrichiens et des Italiens.

De plus, la Lorraine est le centre d'immigrations toutes spéciales :

L'industrie minière du bassin de Briey attire chaque année un grand nombre d'Italiens et déjà quelques Orientaux. L'arrondissement de Briey présente même cette anomalie que sa population étrangère y est supérieure à sa population nationale (57,078 étrangers contre 42,427 Français).

Depuis quelques années, une foule d'étudiants russes, bulgares, arméniens viennent suivre les cours des Facultés de Nancy.

L'Agriculture enfin, ne pouvant plus trouver sur place le nombre d'ouvriers suffisant, est obligée de recourir aux Polonais spécialement recrutés en Galicie. D'où autant de dangers d'apport, qu'il est nécessaire de prévoir.

Bibliographie

Ancelon. — Le choléra morbus épidémique à Château-Voué (Meurthe). Dieuze, 1850.

— Sur la constitution épidémique actuelle. Dieuze, 1853 (extrait de la *Gazette des Hôpitaux*).

Annales d'Hygiène publique. Années 1832-33, 1849-50, 1854-55, 1892-93.

Bancel. — Maladies épidémiques dans l'arrondissement de Toul, depuis 50 ans. Nancy, 1867.

— Topographie médicale et hygiène de l'arrondissement de Toul. Nancy, 1867.

Begin. — Lettres sur l'histoire médicale du Nord-Est de la France. Metz, 1840.

Brault (Ch). — Topographie physique et médicale de Metz et de ses environs. Paris, 1827.

Buvignier. — Recherches historiques sur les maladies épidémiques et contagieuses qui ont régné dans le Verdunois. Verdun, 1853.

Burckhard Fils. — Histoire du choléra morbus apparu en 1849 dans l'arrondissement de Sarrebourg (*in* Conseil d'hygiène de la Meurthe, 1850-51).

Compte rendu des travaux de la Société de Médecine de Nancy. Années 1849-50, 1855-56, 1863-66, 1873-74, 1892-93.

Conseils d'hygiène de la Meurthe. 1850-51, 1854-55, 1865-66, 1873-74, 1892-93.

Conseils d'hygiène de Meurthe-et-Moselle. — Années 1865-66, 1873-74, 1892-93.

DEGOTT. — Aperçu de l'épidémie de choléra qui a régné dans les communes rurales des trois cantons de Metz pendant les mois de juillet, août, septembre et octobre 1849 (*in* Exposé des travaux de la Société des Sciences Médicales de la Moselle, 1849).

DEPAUTAINE. — Des grandes épidémies, 1868.

DIDION. — Histoire des épidémies qui ont régné dans le département de la Moselle depuis 1821 jusqu'à 1870. Nancy, 1884.

DIGOT. — Epidémies qui ont sévi en Lorraine (in *Mémoires de l'Académie de Stanislas*, 1852).

Exposé des travaux de la Société des Sciences Médicales de la Moselle. 1831-1838, 1849-1854,

IMBEAUX. — Les eaux potables et leur rôle hygiénique dans le département de Meurthe-et-Moselle. Thèse Nancy, 1897.

LANG. — *Liverdun*. Histoire et géographie médicale. Nancy, 1894).

LAVERAN. — Histoire statistique de l'épidémie de choléra de 1849, dans le département de la Moselle (*in* Exposé des travaux de la Société des Sciences médicales de la Moselle, 1834).

LECLERC. — Topographie de l'arrondissement de Toul. Paris, 1824.

LECOINTE et POUGIN. — Traités sur le choléra. Paris, 1831.

MANDHEUX. — Notice historique sur les épidémies qui ont régné dans l'Est de la France. Epinal, 1854.

MARÉCHAL (F.). — Rapport statistique et médical sur l'épidémie de choléra qui a régné à Metz et dans le département de la Moselle en 1832 (*in* Exposé des travaux de la Société des Sciences de la Moselle, 1854).

MARÉCHAL (Félix) et DIDION (J.). — Tableau historique, chronologique et médical des maladies épidémiques, endémiques, qui ont régné à Metz et dans le pays messin depuis les temps les plus reculés jusqu'à nos jours. Metz, 1863.

MESMY. — Dissertation pour l'Académie royale des sciences de Nancy, où l'on examine la cause des maladies épidémiques qui régnent dans les villages des duchés de Lorraine et de Bar, avec quelques moyens pour les prévenir. La Haye, 1758.

NOUFFERT. — Notice sur les cas de choléra qui se sont présentés dans le canton de Pange durant l'épidémie de 1849 (*in* Exposé des travaux de la Société des Sciences Médicales de la Moselle, 1849).

PAILLARD. — Histoire statistique du choléra morbus en France. — Paris, 1832.

PARISOT (P.). — Observations sur le choléra morbus. Paris, 1832.

PARISOT (V.). — Analyse du Mémoire de M. Eby, médecin cantonal de Lunéville, sur l'épidémie de choléra qui régna dans sa circonscription (*in* Conseils d'hygiène de la Meurthe, 1854-55).

— Rapport sur l'épidémie de choléra qui a régné depuis le 24 février 1854 jusqu'au 18 décembre de la même année, dans l'arrondissement de Nancy (*in* Conseils d'hygiène de la Meurthe, 1854-55).

PASCAL. — Mémoires sur le choléra morbus qui a régné épidémiquement à Metz et autres lieux circonvoisins. Paris, 1832.

PEYRON. — La marche du choléra de 1902 à 1906. Thèse, Paris 1906.

ROYER. — Les maladies infectieuses. Paris, 1902.

PETITGAND (A.). — Rapport sur l'épidémie de choléra qui a éclaté dans le canton de Gorze en 1849 (*in* Exposé des travaux de la Société des Sciences Médicales de la Moselle, 1849).

SAUCEROTTE. — Note sur l'épidémie cholérique qui a régné à Lunéville en 1849, adressée à l'Académie Nationale de Médecine (*in* Conseils d'hygiène de la Meurthe, 1850-51).

SAUCEROTTE. — Topographie médicale de Lunéville et de son arrondissement. Lunéville, 1833.

DE SHAKEN. — Constitution médicale de Nancy (in Journal du département de la Meurthe, 1825).

— Notice sur l'épidémie de Velaine-en-Haye. Nancy, 1832.

— Histoire du choléra morbus apparu en 1849 dans l'arrondissement de Château-Salins (in Conseils d'hygiène du département de la Meurthe, 1850-51).

SIMONIN (J.-B.). — Coup d'œil sur les épidémies qui ont régné en Lorraine. 1838.

— Recherches topographiques et médicales sur Nancy. Nancy, 1854.

— Esquisse de l'histoire de la médecine en Lorraine. Nancy, 1858.

SIMONIN (E). — Histoire succincte du choléra morbus épidémique paru à Nancy en 1849 (in Conseils d'hygiène du département de la Meurthe, 1850-51).

E. SIMONIN et DEMANGE. — Tableau des épidémies observées pendant l'année 1855 dans le département de la Meurthe (in Conseils d'hygiène du département de la Meurthe, 1854-55).

— Résumé du tableau des épidémies observées pendant l'année 1855 dans l'arrondissement de Nancy (in Conseils d'hygiène du département de la Meurthe, 1854-55).

TOUSSAINT. — Description du choléra morbus qui s'est manifesté dans les villes de Saint-Nicolas et de Rosières, et dans les communes de Tonnoy, Burthecourt, Lupcourt, suivie de considérations topographiques de ces communes. Saint-Niolas, 1856.

TREILLE. — Observations sur le choléra morbus. Paris, 1832.

WARIN. — Rapport sur le choléra de 1854 dans le département de la Moselle (in Exposé des travaux de la Société des Sciences Médicales de la Moselle, 1854).

Table des Matières